狼走趙明空

歷史小說

石勒：眾望所歸，稱王於襄

稱帝卷

亂世烽火、群雄並起，
面對朝中小人奸佞及薄德寡恩的君主，
權能兼備的他是該自立為王，還是恪守本分？
後趙明帝石勒的開國大業，就此建成！

毋福珠 著

目錄

目錄

前言

本書《後趙明主 —— 石勒：眾望所歸，稱王於襄》為《奴隸帝王 —— 石勒：一劍能當百萬師》的續集。

本系列書共有四集：

奴隸帝王 —— 石勒：英雄出少年

奴隸帝王 —— 石勒：一劍能當百萬師

後趙明主 —— 石勒：眾望所歸，稱王於襄

後趙明主 —— 石勒：逐鹿中原，歲月如夢

第一集《奴隸帝王 —— 石勒：英雄出少年》一至十一回，講述了後趙開國君主石勒的少年時期，記敘他開國立業的夢想之起點；

第二集《奴隸帝王 —— 石勒：一劍能當百萬師》十二至二十三回，講述石勒投身軍旅後，金戈鐵馬的征戰歲月；

第三集《後趙明主 —— 石勒：眾望所歸，稱王於襄》二十四至三十五回，敘述石勒在眾多部將的擁戴下，於襄城稱王的經歷；

第四集《後趙明主 —— 石勒：逐鹿中原，歲月如夢》三十六至四十六回，細數了這位後趙君主的功績及其晚年。

作者以其豐厚的歷史學養及流暢文筆，細膩描繪出後趙明帝石勒從奴隸到帝王的傳奇人生，集集精彩，集集不容錯過。

前言

自序

一個從奴隸到帝王的故事

這個故事，講的是石勒一生曲折起伏的經歷。

《晉書‧石勒載記》載：「石勒上黨武鄉羯人。」他出生的年代，正趕上魏晉門閥政治興起之時，士大夫貴族階層個性開放、隨興而為，塵談玄學、無為而治的各種思潮湧動並傳播滲透到國家政治領域，晉朝王氣黯然，惠帝政權失控，八王之亂戰火頻仍，打打殺殺長達十六年，百姓在亂中求生。日子本就過得困苦不堪，又逢上太安年間（西元三○二至三○三年）天旱不雨，并州大地連年饑荒，眾多的升斗小民處於無食等死之境。饑饉和戰亂裏挾著石勒，在官兵抓人販賣獲利的情況下，石勒雖然跑到朋友家躲過一劫，但風浪依舊，到頭來還是被并州刺史司馬騰「執胡而賣」，掠至山東淪為奴隸，在茌平縣一個塢主的田地裡苦受煎熬……

世道的不公和歧視，把石勒逼上反叛之路。憑著一腔血性之勇，率領平素結交的八個苦難兄弟，時稱八騎，仗劍天涯，揭竿反晉。這之後，又有十人站到他的旗幟之下，號為十八騎，頻繁出沒冀州一帶，逐漸組織起一支上千人的兵馬，後提兵攻打郡縣，被官兵圍剿大敗。他突出重圍，投靠匈奴族人劉淵所建漢國，屢建戰功。

自序

　　石勒是文盲，「雖不視兵書」，而能使「攻城野戰合於機神」，「暗與孫吳同契」，以卓絕的戰略遠見統眾御將馳騁疆場，於永嘉五年（西元三一一年）夏在苦縣一戰殲滅太尉王衍統領的十萬大軍，襲殺司馬宗室四十八王，聲威天下，漢國進用他為鎮東大將軍，麾下眾至二十萬。接著會同漢將劉曜、王彌攻陷洛陽，俘晉懷帝司馬熾。滅西晉後，石勒轉兵北去屯駐襄國城，以此為據，裁平周邊諸雄，於大興二年（西元三一九年）自立門戶建立後趙，滅前趙，統一了北方大地。歷史把石勒推上九五之尊的寶座，在位十五年，建平四年（西元三三三年）六十歲病逝。

　　石勒是繼漢朝開國之君劉邦之後，從草野民間走出來的又一個平民帝王。他不畏險途，毅然闖蕩於八王之亂中，立馬沙場取天下。立國後，他借鑑商周「逆取順守」的做法，及時進行文武之道的轉換，外禦東晉，內修政治，酌減賦稅，勸耕農桑。他開辦學校，命人專管。他經常到郡縣看望和接見文學之士，賞賜穀物、布帛進行慰問。史書上記載他「雅好文學」。他還從國家治理、民族融合的角度出發，適時推出一些重建和維護社會道德秩序的舉措，制定《辛亥制度》五千文，使之成為倫理與法紀規制。

　　石勒出自羯族武夫，但他為人行事多受中原儒家傳統文化影響。他好怒，但只要進諫的人說得對，怒火很快就會平息下

來，有時還向被責備者賠禮道歉。對過去和他打過架的一個村人，也不計前嫌，把此人請到都城赴宴，並封他為官。他曠達大度，不拘小節，從不放縱自己，每以古代帝王那種「醉酒和美女」荒於政事為戒，身居高位而依然勤政簡樸，就連臨終發佈《遺令》，對他的後事做了「殮殯以時服，不藏金寶玉玩」一切從簡的安排，足見他的政治見地。

這部小說，以史籍所載石勒在軍事征戰和國家治理諸方面的主要歷史事件為框架構思而成。從頭至尾，以敘事的方式呈現故事，以故事的方式承載歷史，再現了這位從奴隸到帝王的傳奇人生。

毋福珠

自序

第二十四回

虎傷士卒娘教且忍 雨阻葛陂賓諫北去

第二十四回　虎傷士卒娘教且忍 雨阻葛陂賓諫北去

　　虎子尚在弱冠[01]之齡，又是老娘王氏從逃難困苦中把他養到這麼大，石勒不想對他多加管束，只是命人用絳衣換下他身上的粗布褐衣，單獨住兵營一頂帳篷。這樣一來，引起將士們對這個不是兵卒的「兵卒」的注目，見虎子像兔子一樣吃生菜，像豺狼一樣啃生肉，像野人一樣喝冷水，進食也要放到冰涼以後才大口吞下。有一位將領看到虎子赤腳走路，拿出一雙草鞋送給他，他卻在帳門外的平地上豎起兩塊尖角石頭，把兩隻草鞋底朝天套在上面晒太陽，自己仍然赤腳行走。

　　虎子時常遊蕩在兵營之間或兵營之外的野地裡、湖泊旁、溪水邊。每次都是獨往獨來，唯有那張可以發石的短弓是他離不了的夥伴。還像來到兵營之前那樣，虎子用短弓打飛禽走獸。

　　如此過了一兩個月，有一天虎子臨出兵營，見一匹尥蹶子戰馬把騎牠的兵卒掀下地狂奔而去。虎子縱身撲了過去，揪住馬鬃一踮腳飛身上馬，兩腿鉗子般地死死夾住馬腹，抬起拳頭朝馬的前腿和胸肋之間狠砸一通，馬旋時馴服得像隻綿羊那樣駝了他跑到野外。

　　午後，虎子把所獲獵物掛在馬脖子上回到營門，被他騎走了馬的那個兵卒領了幾個同伴等他回來要馬，道：「下來，把馬還我。」

　　虎子勒住馬韁站了一下子，隨後取下馬脖子上掛的小鳥和

01　古代男子不到二十歲體未壯，故曰弱；二十歲行冠禮，以示成年，故曰冠。後人用弱冠稱二十歲左右的男子。

一隻野兔，拽下來幾條腿咬在嘴上，其餘的全部扔給要馬的兵卒，意思是用那些鳥獸做交換。兵卒們不願意，吵著攔住去路非要馬不可，虎子彈石打傷兩個兵卒衝進營門。

虎子很想騎馬。過去窮，沒有條件騎馬，今日一騎，甚覺方便。這便由前些日子的赤腳行走遊蕩，變成騎馬遊蕩，或遠或近，非常自如。他手執短弓騎在馬上，練騎技，練瞄準，不光打鳥獸，還彈發石子打旗杆頂尖的析羽，打馬的眼睛、兵卒的額頭和鼻尖，因他是大將軍的弟弟，沒人敢惹他。後來被打得兵卒多了，受傷的馬也多了，一時謠諑紛傳，說石勒帶來這等殺生害物的殘忍惡種，哪裡還有兵卒們的活路。軍營裡，人心洶洶，潛伏著一股鬧事的暗流。各兵營的將領遮掩不過去了，趙鹿趁著空檔來見張賓婉轉透露。哪知張賓巡遊郭黑略、孔豚兵營訓練之時，見幾個貌相醜黑短小的兵卒不在其列，不知道出了什麼事情。回來路過有意走進郭、孔二將的帳篷，看見了那些被虎子打傷的人。原也如趙鹿那樣，想把事情按下，不料連小事也憋不住的郭黑略，頭一個找來訴說，張賓知道他拙直敢言，怕把事情鬧大，微笑著剛勸郭黑略坐下，將軍吳豫自向帳裡通稟了一聲就大步進來參禮，又和郭黑略互敬了平禮。張賓邊還禮邊看了一眼吳豫的氣色，猜定虎子也招惹到了他的部下，道：「你要說的事我知道了。你馬上回去，也像郭將軍的做法那樣，把受傷兵卒隱在帳裡養傷，且不要去操練場地。」

第二十四回　虎傷士卒娘教且忍　雨阻葛陂賓諫北去

吳豫看見郭黑略暗裡做出一個讓他說話的手勢，便道：「這也不是常事呀，張公！」

張賓道：「我能想到你為難，再為難也不能隨便說出去。在這多說也沒用，你還是回去吧。郭將軍，你也去。」

吩咐二將出來，張賓馬上來到中軍大帳門口，讓守門侍衛領了進去見石勒，很不當回事地參禮，道：「我來稟告給明公知道，我去巡視幾個兵營，順便看望一下虎子玩弓彈石誤傷的幾名兵卒，過半個時辰便回來。」

張賓話說得輕描淡寫，一帶而過，石勒心裡倒像砸進一塊巨石那樣沉重。當年，他很不滿意老爹領回家來的這個不與人說話的小虎子，此刻更感到他中了什麼邪，留下他終會成為家族一害，急命石會道：「你帶幾個人去把虎子捆在外面那棵樹上，我要親手斬了他。」

這命令使石會驚詫不已，愣在帳裡，他心思一動，說道：「不經太夫人知曉豈能說斬就斬？」

張賓已聽到石勒與石會的對話，見石勒又拿起佩劍往腰間別，忙道：「明公造次不得。虎子拿兵卒當鳥獸打，是很可惡，可是你斬了他，太夫人和劉夫人那裡如何交代？」

石勒當然也以為沒法說服老娘王氏，可他也明白，此事向老娘說是說不清的，只能先斬後奏。這麼想著，向石會揮了一下寬袂。石勒臨出帳門，張賓把他叫住，道：「虎子在外面放

蕩多年，強行約束怕適得其反。」

石勒道：「你要這樣說，可先去虎子帳裡看了再做決定。」

張賓歷來不主張風聞言事，點頭道：「這就對了。」

三人一同來到虎子住的帳篷裡，一進門聞到一股刺鼻的腥臭異味不說，裡面除了鋪榻還撂下一攤劈斧般的石片、磨製得顯出鋒刃的小石刀，靠門邊零散放著的是一些死鳥與碎骨……事情不在於這些東西實用與否，而在於擁有者的孤高癖性。石勒憤然噴出一句「不著正道的東西」，抬腳將兩根兔子腿骨踢到門口，命石會把帳裡那些雜亂之物扔出去。

此事又被張賓出手阻攔。他覺得虎子如同剛從遠古走來的原始人，不是簡單處置就能使他把還需要走的一大截路走完，所以他諫石勒最好叫他老娘王氏出面讓虎子自己清除，對虎子許是極好的教誨與引導。

※

石勒到後營看望老娘，跪拜畢，退去所有侍奉的女婢等閒雜之人，很直率地說道：「娘，這十來年您不容易呀，在那樣的艱難歲月苦度之中，還養大了虎子。可是虎子他不給娘長顏面，凶暴無賴，任性妄為，盡惹禍事。」

王氏驚問：「惹禍，他惹禍了？」

石勒道：「他把跟隨孩兒的將士和戰馬當鳥獸打，傷了許多人，打瞎了許多戰馬的眼睛。」石勒邊看王氏臉色邊施一禮，

道：「娘，虎子壞了孩兒的治軍規矩。這般破壞兵營規矩之人，孩兒要下令斬了他。」

王氏放聲痛哭，道：「娘知道你治軍有規矩，也知道論大理當斬，可是斬了他，怎麼對得起你爹臨死時的託付呀？」

石勒道：「娘，孩兒不斬他，恐怕他會繼續打孩兒的將士和戰馬，亂軍害事，孩兒還怎麼統領將士征戰禍害百姓的官兵呢？還有，此時不斬，以後怕他惹出大亂子，為我石家帶來不好的名聲。」

王氏擺一下手，道：「背兒，不用和娘說以後。以後是何光景，娘說不甚清，娘只管眼前。眼前虎子還小，快牛還是牛犢的時候，多能破車，長大了，就會變好的，你且容忍為是。」

石勒搖頭，道：「恐怕兵營的將士沒有這個耐心呀，娘。」

王氏道：「他等要做什麼？只要娘看他順眼，不發話，旁人不敢對他怎麼樣，你放心。」

石勒道：「這些日子已經看透了，留下他，孩兒的大業終究要毀在他手裡。」

他把事情說到這等嚴重地步，壓得王氏提一提衣襟就要下跪，石勒眼疾手快，向前邁腳一彎腰，伸雙手將王氏扶住，撲通跪倒在王氏膝下，道：「娘，您可不能下跪。」

王氏倒也懂得禮法規矩，道：「以家法論，我是你娘，不當跪；以國法論，你是大將軍，娘是草民，娘想下跪為虎子求個

情，你且饒過他這一回。若不改，任你處治。」

先扶老娘坐下，石勒緩緩搖了一下頭，道：「娘，就怕他天性殘忍，改也難呀。」

王氏道：「娘已把話說到底了，暫且只能這樣。」

石勒欠身，道：「孩兒可以聽從娘的教誨，只怕將士怨氣難平。」

相鄰帳篷裡的劉氏、程氏兩位夫人，聽見石勒在王氏那裡說話聲高聲低的，怕傷了母子情分，兩人連袂來在王氏帳裡，肅禮之間瞟見王氏面頰兩道淚痕，程氏看出石勒臉色也不好，知道是他惹王氏生氣了，藉故有話說，把石勒叫到她的帳篷裡去。石勒進了她的門，說道：「突然叫我到這裡來能有什麼要緊的事？」

程氏微微一笑，道：「妾能有什麼要緊事，不過是讓你走開，留下劉姐幫娘消消氣。」

石勒搖頭道：「娘有氣？我沒看出來。」

程氏道：「你可真會裝。妾聽娘的口氣，就想到你把虎子的事說了。」

石勒強顏歡笑，道：「還是妳心細，連這個也看出來了。」他頓住，看著程氏，道：「虎子，妳知道？」

程氏點頭，道：「劉姐的侍兵去兵營看一個同鄉，回來說他被虎子打傷了，氣得她叫來虎子好一頓教訓。」

第二十四回　虎傷士卒娘教且忍 雨阻葛陂賓諫北去

石勒問道：「虎子認錯不認？」

程氏搖頭，道：「他半天沒說一句話。」

石勒道：「天生的壞東西。」

※

石會扈從石勒去進食，對石勒說虎子要求學武藝。這自然是好事，石勒隨即命石會傳令下面的將弁，虎子願意跟誰學，就跟誰學；願學什麼，就教他什麼。各兵營將士看出石勒想把虎子往正道上引，都做著隨時教他武藝的準備。

虎子學了一段時間的畫戟和槍法，又跟張噎僕練了幾天大刀之後，王陽把他領到靶場，做了幾式示範，虎子的各樣射式一點就通。因為在虎子手上，射箭和他玩得爛熟的持弓發石擊物並無多大差異。

一段時間後，虎子的武藝進步驚人，大有趕超教者的態勢，這讓虎子居然萌生了我也是將軍、我就是將軍的感覺。這種感覺，使他膨脹得當下蔑視起教他武藝的人來。這個時候，偵探報來壽春兵動態，說晉揚威將軍紀瞻率兵沿銅水、濄水向葛陂開來。石勒將兵數萬迎戰於濄水之南。紮營完畢，接到布陣東南十里的紀瞻差人送來的戰書，來日日升時分交戰。

一宿無話，次日黎明，壽春兵所有戰將都騎在馬上，陣容恢宏。待東升太陽的金光灑向大地時，紀瞻一聲令下，擂鼓三通，旗門開處，一員身著戰甲的猛將躍馬出陣，揮槍直指漢兵

陣營搦戰。

　　石勒的兵馬早已擊鼓列陣，旗飄械舉，好一派臨戰氣勢。待在陣前的桃豹、呼延莫數將，望見敵將在陣前搦戰，都爭相出馬交鋒，張賓則把手指向左伏肅，說你幾個且勿躁，先讓左將軍出陣去會他一會。

　　左伏肅得令，勒轡轉馬上前接住晉將大戰多時僵持不下。張賓見左伏肅戰馬脖子到前胸汗水浸溼，料到馬乏，鳴金收兵。壽春兵－－些將領要向前追擊，紀瞻發現漢兵右翼有旗幟游動，怕有埋伏，喝令穩住陣腳，但戰鼓未息。

　　稍後，漢兵陣營大將孔萇直挺長槊，立馬陣前。壽春兵同時二騎並出，來戰孔萇。站在土埂上的張賓正待差王陽出戰，忽見壽春兵陣後喊殺聲起，陣前主將紀瞻，聞聽有兵突襲其後，料是方才看到旗幟游動的那支伏兵暗中而來，轉身差遣四員大將掉頭回殺。

　　軍情有變，石勒命職掌戰鼓的將士繼續播鼓，自己跳下鼓車來問張賓，道：「你遣兵伏擊，是何也不知會一聲？」

　　張賓愕然一驚，隨之賠笑參禮，道：「沒有明公的應允，張賓哪敢私自遣將設伏。」

　　奇怪了，那是何人闖入他的陣尾去了？石勒大聲命令侍隨在旁的偵探縱馬飛奔前去看是誰的兵馬。轉眼之間，那偵探返來跪下，回道：「稟報大將軍，是虎子。」

第二十四回　虎傷士卒娘教且忍 雨阻葛陂賓諫北去

石勒一巴掌朝偵探臉上打去，道：「連個人都探不清！」

張賓也一臉難以置信的神色，從鼓車那邊過來，說道：「虎子還是個孩童，見都沒見過這麼大的廝殺場面，焉能獨自上陣交鋒？」

被打翻在地的偵探半爬起來，跪著參了一禮，道：「看清楚了，是虎子。」

石勒道：「還敢嘴硬，那你說，他帶了多少人馬？」

偵探道：「單人匹馬。」

張賓彎下腰，問道：「你所探無誤？」

偵探回道：「虎子一支長矛戰得壽春兵人仰馬翻，無人能敵。」

石勒沒有想到這個基本沒什麼師承傳授和嚴格譜系訓練的虎子，剛剛胡亂學了幾天武藝，逕自不告而出，又勢不可當，他的笑容頃刻浮現到臉上。

在聽偵探稟報的同時，張賓目光窺視石勒表情，把他的笑理解為在大營斬不了虎子，如今從未臨過戰陣的虎子獨自闖入敵陣，必然難以生還。這樣，他在老娘那裡倒有辭可說了，沒敢出聲勸石勒遣將增援虎子。

但是石勒的臉孔陡地一繃，轉身朝張賓大喊遣將增援虎子！

張賓邊看石勒著急的樣子，邊輕輕搖動下頦：「這虎子死不了了。」速回望陣列，一口氣點了左伏蕭、夔安、呼延莫、張越

四將率兵接應，道：「速去增援救虎子，救回虎子算你們首功一件，我張賓親自為你四人請功。」

四人馬上參禮，道：「遵命。」

獨自闖入敵陣的虎子，顯然不知道大軍陣前圍繞他的生死所發生的一切。這一刻，他心裡反覆翻騰的是，誰說我虎子是個凶惡頑劣的魔頭？我是萬人敵戰將，今日我要為爹娘報仇。他記得，殺害他爹娘的是一群官兵。那群官兵的穿著佩戴，跟眼前的這些晉兵一模一樣。爹娘被殺之仇，已經折磨了他十幾年。現下他盯住這些官兵，兩隻陰鬱的眼睛像熊熊燃燒的火苗那樣紅，手中長矛施展開來，刺中死，碰上亡，壽春兵抱頭縮頸唰唰朝後躲閃。幾個躲閃不過的，放下手中的刀槍跪地叩頭求饒，虎子概不留情，一矛挑死一個。挑到第三個的時候，紀瞻差遣的四員大將趕來了，一看打陣的是個兵不像兵、民不是民的毛頭小子，喊一聲「殺」，齊撲上去。矛尖上還挑著人的虎子兩臂一用力，挑到兩三尺來高時猛一撂，砸在第一個前撲將官鎧馬[02]的前腿上，馬倒人栽，虎子上前把他刺死，後面的三人嚇得唰的一聲急退幾步，並排起來像一堵牆一樣擋過去。虎子疾視一眼，精神一振，打馬來戰三人。不想敵陣中又有三將飛馬趕來，他難敵六將，想逃又打不開缺口。眼看性命危殆，張賓派出接應的左伏肅等四將趕到，保虎子返回陣列。

02　圍有用金屬片或皮革製成的護身裝備的馬。

第二十四回　虎傷士卒娘教且忍 雨阻葛陂賓諫北去

　　壽春兵少不了得機掩殺，但怎麼也衝不過孔萇的堅固防線，相持到午時各自鳴金收兵。

　　回到兵營，石勒升了中軍大帳，斥責虎子無令擅出。張賓、刁鷹、程遐還以為他要治虎子死罪，卻見他語氣一轉，命記事督幫虎子記了頭功，左伏肅、夔安、呼延莫、張越等各記一功。石勒召來各營將領當眾宣布，賜虎子從己姓，名石虎，字季龍，署為征虜將軍，專門給他一個營帳，從劉膺、孔豚幾位將領麾下抽調一千徒卒歸他指揮。

　　石虎的軍旅生涯就這樣起步了，但誰能想到他孤傲、殘忍與希圖至高權位的非分之想也逐漸顯現了出來。

※

　　石虎橫空出世，震驚南北，讓漢兵感到後生可畏，而南面的壽春兵呢，以為自己的實力不該那麼弱，被一個毛頭小子突襲得那般狼狽，後來六員大將圍攻都沒能將他擒獲。第二天一早，一干將弁來到大帳參見紀瞻，請纓再戰。紀瞻也有一肚子冤氣，點出數將來到石勒兵營前，單搦毛頭小子。

　　漢軍陣前將領報回中軍大帳，石勒說這當是一場壽春兵復仇之戰，不願讓石虎出陣對敵。在帳的張賓也隨了石勒心意，說道：「他專搦石虎，我偏不派石虎，而差孔萇、支雄出戰再給他一個下馬威。」

張賓眼望石勒，看他是否同意，石勒卻指了一下帳門外面，外面站的竟是石虎。石虎此刻已由一個毛頭小子一變而為無視一切的戰將，早已一身戎裝，等在帳外。石勒與張賓等眾人出得帳外，先看了看石虎，隨即點了一下頭。

　　張賓當下會意點將，左有孔萇，右有支雄，保了石虎出陣，左伏肅、夔安、吳豫、桃豹、王陽、呼延莫、支屈六一干將佐，扈從石勒、張賓、張敬、刁膺、程遐掠陣。

　　壽春兵主將紀瞻，騎一匹赤色馬居於眾將之中。他點名出陣的將領在石虎面前打量半晌，見石虎赤幘緹衣，是個年少將軍，不像頭天闖陣的那個毛頭小子，斷喝一聲：「來將通名。」

　　向來不與人說話的石虎，如今好像剛會開口說話那樣憋出一個名字，道：「石虎。」

　　對陣的敵將聽了還帶有孩童聲氣的回話，又一接刺來的長矛，才明白此將正是他指名要戰的毛頭小子。但是僅接招數合，已露出不敵石虎的弱勢。在場掠陣的紀瞻趕忙又差出一將，兩將合戰石虎，亦不占上風。紀瞻見此情狀，霍地出手遙空一指，執掌鉦的將士看見，即刻搖鉦止鼓，兵退。

　　此戰之後，又接連短兵廝殺了數日，每次都是石虎打頭陣，互有勝負。雖說沒有大挫敵方銳氣，可石虎的聲名由此大震。史載，石虎「身長七尺五寸，趫捷便弓馬，勇冠當時，將佐親戚莫不敬憚」。

第二十四回　虎傷士卒娘教且忍　雨阻葛陂賓諫北去

　　一連數仗沒有突破壽春兵營壘，石勒有些急躁，召來各兵營將領商議南進之策，一些人說壽春是淮南之本，必備堅甲防守，攻之何易？另一些將領從幾次交鋒看出壽春兵以徒卒居多，主張以我騎兵的優勢快速進擊，南兵必難堅持。最終議定以張賓之見出奇兵襲擊壽春城，待紀瞻回救壽春中途伏兵邀擊，取勝後趁勢攜楫渡江攻建康。然天不佐人，東南風送來漫空黑雲，不到半個時辰就潑下密集的雨點。

　　僅過了三五日，帶兵練習水戰的將領就來報，河湖暴漲，漫溢原野，兵卒難以操練。石勒聽了一句話沒說，戴上苫蒲，肩披簑草雨披，騎了烏騅馬巡視水情，張敬、張賓、孔萇和石會等一干侍衛，有的顧不得戴雨具，慌慌張張侍隨而去。在一個與葛陂水面相通的小湖泊邊來回走動眺望，湖面上不見帆影，唯有風助雨灑，石勒不是搖頭便是嘆氣。

　　返回大帳片刻，石勒又撩幃出去，騎馬一直向東走，在劉寶、郭敖幾位將領兵營之間的空地站定，仰頭直望窅冥的天空。看了一陣子以後，石勒加鞭竄出兵營，沿富水堤岸觀察水勢漲落。一個浪頭打來，唰地一下把樹枝、草葉、魚蝦、破衣爛草鞋之類的漂浮物捲上岸來，一些水滴落到石勒和馬身上。石勒心想，這水如此厲害。身後忽地傳來一聲「大將軍」的呼叫，他收轡回望，見張敬、石會等眾人走來。一個時辰之前，石會受石勒吩咐與幾個侍兵去為太夫人送飯食返回，見石勒不

在帳裡，跑去問張敬。張敬說，這雨天雨地的，他不會走遠。石會還是拉了張敬來遍地尋找，一直找到這裡。

明顯看出石勒在怨恨大雨，張賓想用自己經歷的事來諫石勒趁早離開葛陂。張賓說南方的雨一下十幾二十天，根本停不下來，石勒卻想好了，既然欲渡江南伐，又做了許多準備，怎麼能回頭呢？所以他不信雨會一直下。

見石勒主意已定，張賓不再多言。

雨，一直下了三個多月。

石勒所帶部眾多來自北方，本來就對南方水土不服，現在又遇上百天連綿陰雨，許多兵卒染疾，以至釀成瘟疫，死者眾多。吳豫、冀保幾位猛將也染疾在身，生命垂危。

石勒的帳篷也進了水，石會叫來一干兵卒圍土堵水，劉膺跑來見石勒，朝泥地一跪，哭道：「冀保病重，恐怕要離開人世了。」

石勒聽了，拖了劉膺來到了冀保營帳。冀保強睜眼睛，對石勒道：「訇勒，冀保要走了。老天爺苛待我，我……我不能隨你打……」

這一聲「訇勒」，把石勒拉回到總角 [03] 時光。那時光裡，石勒與冀保、劉膺是村裡的羯室「三駒」。現今冀保沉痾在身，命懸一線，怎能不使石勒、劉膺心痛淚下呢？但劉膺還是一直

03　古代未成年孩子紮在頭兩側的小髻。

在安慰冀保，道：「你快點好起來，打完官兵，你、我和大將軍重回北原老家，騎上你家那匹驪駒滿山地跑，餓了摘山果，渴了掬溪水，那多自在快活呀！」冀保道：「我……我怕沒……沒有那一天……」石勒見他嘴裡沒了聲音，趕快命在旁的侍兵去傳醫者李永。李永一把脈，冀保早已沒了脈象……

在石勒的主持下，眾將士繫腰挽緋剛安葬了冀保，侍兵就報來了吳豫將軍病死的噩耗。石勒又把吳豫像對待冀保一樣以將軍之禮厚葬了。

數日之內連歿兩位道義之交的十八騎兄弟戰將，極大地觸動了石勒。他以為再不能讓將士們泡在遍地是水的南方了，但許多士卒尚在病中，又怎能離開呢？石勒愁緒滿懷，數日不見將佐。

張賓幾次去大帳進見，都是不見！

見不上石勒，張賓以請安為名到後營拜見太夫人王氏。王氏聽出了張賓的言外之意，便差她的侍女把石勒請到自己帳裡，待他們母子敘禮後，張賓才朝石勒行禮，諫他不可因兩位愛將之亡而誤軍機大事。石勒看一眼張賓，問道：「大事？什麼大事？」

張賓道：「適才探馬來報，屯聚壽春之兵準備趁我兵營疾疫流行士氣不振之時，發十萬之眾來襲。就我將士眼下之狀，只怕難以應對。」

石勒連連嘆氣，站起來走向帳門看著外面密集的雨點，轉回身來向張賓伸一下手，道：「你有什麼想法？」

見石勒向他示坐了，張賓終於鬆了一口氣，道：「一個是先差一哨兵馬東出屯紮，使紀瞻知道我已有備，不致輕出奇兵突襲而來；另一個是逝者已矣，生者節哀。保存兵力，最好是離開這個地方。」

石勒道：「只是眼下染疾者尚有上萬之眾，怎麼離開？那年在鄴地駐留，許多百姓說他們是大疫中活下來的，不知道有何靈丹妙藥？」

張賓皺一下眉，道：「我在書簡上看到過，太平道師君巨鹿人張角[04]，熟悉民間醫道、巫術，又頗通讖緯[05]之學，自稱大賢良師，手執九節竹杖，用法術、符水為患者去疫，有的患者竟不藥而癒。究竟那符水中放有何物，沒有人知曉。」

石勒嘆道：「唉，今之醫者李永不是張角。」說出這一聲之後，起身向老娘行過禮，與張賓一起返至大帳，召集眾將問道：「爾等聽到紀瞻將起兵十萬來伐了吧？」

眾將領竟無一人作聲，石勒欠身，又道：「今我將士因疫而病、因病而亡者甚多，不說渡江南去，就是對陣壽春紀瞻所來十萬之眾，恐怕亦難稱心。還有，現如今人沒吃食馬無秣，召集爾等來大帳，是商議以今之勢當做何行止？」

04　今河北平鄉人，東漢末年黃巾軍頭領、太平道創始人。中平元年，即西元一八四年，以『蒼天已死，黃天當立』為口號，組織道徒反抗朝廷，後來被鎮壓。

05　緯讖書和緯書的合稱，讖是預示凶吉的隱語，緯是漢朝神學迷信附會儒家經義一類的書，都是宣揚迷信思想。

第二十四回　虎傷士卒娘教且忍 雨阻葛陂賓諫北去

　　聽他這麼一說，右長史刁膺道：「以我的想法，不如先送錢給琅琊王，權且求和，待他撤去壽春兵馬之後，再圖南伐。」

　　石勒手擊几案愀然長吼，道：「你這不是諫我去投降司馬睿！」

　　刁膺渾身一縮，深俯下頭參禮，道：「不是，不是，我說的是緩兵之計。」

　　看見中堅將軍夔安仰起了臉，石勒憤怒揮袂止刁膺，道：「你閉嘴，讓他說。」

　　夔安見石勒指的是自己，因道：「今天雨不止，水患氾濫地面，不利兵騎作戰，先宜擇一山地，就高避水。」

　　石勒深嘆一口氣，道：「沒想到將軍這麼怯呀！」

　　此間，孔萇、支雄、桃豹、郭黑略等三十多位將領齊站起來，挺胸說道：「刁長史所言差矣，我軍並未戰敗，為何求和呢？吾等以為不但不能求和，大將軍還當趁南兵尚未出動來攻之前，命諸將各帶三百徒卒，乘船三十，分路夜襲壽春，斬紀瞻，得其城，食其倉米以飽我將士之腹，繼而南下先破丹陽，再一鼓作氣定江南，盡擒司馬家那些王子王孫。」

　　聞此豪言壯語，石勒臉上的怒容始見消失，說道：「如此方為勇將之計，今各賞每人鎧馬一匹。」

　　孔萇與主戰的三十多位將領跪謝，道：「謝大將軍賞！」

　　在一片謝賞聲中，石勒轉向張賓，道：「參軍以為如何？」

張賓早已暗示石勒擇一可攻可守之地獨立行事，道：「明公斬殺晉朝王公戰將無數，為晉之仇敵，即令送錢臣服，司馬睿焉能相容？以我淺見，上年誅王彌之後便不應南來。」

一些將領認為張賓是在指責石勒，便交頭接耳竊竊私語起來，石勒卻聽出張賓本意，兩手向下一按，道：「爾等有何讜言教我，可以大聲說出來。如若沒有，就聽參軍都尉說。」

張賓見石勒讓他說下去，便道：「明公想南圖，然有史以來，江水之隔長，使英雄無奈。北人南征，南人北伐，須看天時而盡人力。可時下北方有諸強相攻，江南司馬睿又穀豐兵廣，非一日可圖，是以南征時機還不成熟。眼下不光糧餉難以為繼，而且百里汪洋，即天示明公不可留此。」

石勒道：「以你之見往哪裡去好？」

張賓吸一口氣，道：「鄴有三臺之固，西接平陽，四塞山河，有喉衿之勢。為明公計，當回軍北去攻占此城以為根基，伐叛懷服，征討河朔[06]。河朔一定，天下就沒有人能強過明公了。」

有的將士這時說道：「張公不是說壽春聚十萬之眾準備襲擊我方，吾等此時撤兵北去，那紀瞻是不是要率眾圍堵追殺？」

張賓道：「壽春兵聲勢上想趁我士氣不振來襲，實怕我驅兵南下。等司馬睿探知我回師北去，他除了慶幸於保全了江左

06　泛指河水以北地區。

外，不會急於追襲我兵。固然如此，撤兵時輜重應從驛道先發，差將引兵佯攻壽春，待輜重走遠，佯攻之兵徐回，南兵想追也追不上。」

阻於連綿陰雨，抑止了石勒攻取江東的腳步。他嘆氣緩慢離座步出案前，道：「張參軍都尉說得有理，我看可依參軍之見，就此放棄南伐，回軍北去，先平趙魏，立下根基，再圖後舉。眾將還有何異議？」

將領們互看一眼，道：「吾等聽憑大將軍決斷。」

這時，石勒轉向刁膺，道：「刁長史做輔佐謀士，當時刻想著如何佐我成就事業，怎可在此進退存亡之際勸我求和呢？按律當斬，然知你向來膽怯，治兵攻伐應變等又不是你之所長，今日不加責罰，以後當以此為戒。」

張賓道：「刁長史沒有多經大戰場，素來言行也只是文氣重了些，也從沒見他有過歹意，是當從寬。」

刁膺聽了跪地謝恩，退過一邊。

今日之事，引發石勒治兵之要許多話題，他款款言道：「記得參軍都尉張賓剛來到帳下時，曾有過將帥才略之論，說為將者當以勇猛為先，不如此怎能衝鋒陷陣、斬獲勝敵呢？為帥者得有統眾御將之才略，勇冠三軍，視情度力，依時變勢變而進退，以征服四海，稱雄天下。今之在帳諸將，多具將才智勇，自北而南一路攻城拔寨，皆賴你們之力，然又是參軍都尉張賓

謀略運籌制勝之功。據此，我意簡擢張賓為右長史，是為我之右侯，請諸將敬服。降原右長史刁膺為將軍，也請爾等對他不要有甚不恭。」

張賓進入政治軍事權力中樞，成了石勒幕僚圈的頭號人物。石勒即刻口諭，一切按張賓方才說的北去次序而行，轉戰來到東燕縣河水岸口。從葛陂走到這裡，糧草耗盡，人飢馬乏，渡河船隻也被汲郡太守向冰霸住，並帶了數千兵馬扼守枋頭[07]。石勒顧不得休息，派兵趁夜潛渡過對岸，搶來船隻，渡大軍過了河水，主簿鮮于豐擊敗向冰，盡獲兵械、糧草，緩解了飢困，軍威復振，很快逼近鄴城。

鄴城是石勒屢屢攻伐之地。這回他騎馬再度親臨城西高地，直視這座易守難攻之城。此時側面飛來一騎，下馬跪倒，稟道：「稟報大將軍，現已探明鎮守鄴城的是劉琨之姪、北中郎將劉演，只有幾千兵馬。」

聽說是劉琨姪子，石勒便想一舉攻下鄴城，給劉琨點顏色瞧瞧。他遣將率兵攻打，遇到原為漢將降了劉演的臨琛、牟穆二人，今天又脫離劉演來投石勒，具呈劉演布兵三臺嬰城固守的詳情，張賓聽罷欠身躬禮，勸道：「三臺險固，一時難克，小小一個劉演，也不值得花費氣力。明公在今天下饑亂之間，率眾轉戰諸州，對所拔之地棄而不據，流轉無定，終非久計。古

07　在今河南淇縣附近。

言得地者昌，失地者亡，有地盤，有百姓，兵源糧草有來路，才好穩定人心，圖謀擴展。邯鄲、襄國[08]是趙之舊都，兩地都曾是古趙國盛期之城，又都是盛期之後的末世之哀，但仍不失有志經營天下者駐蹕之勝地，可擇其一為都城，廣儲糧草，蓄積兵力，北奪幽州，西平并州，桓文[09]、晉文公[10]之業可成。」

石勒道：「右侯熟悉兩地情勢，你說據哪一地？」

張賓道：「就據襄國城吧，那裡具有史籍記載的古代帝王建都『非於大山之下，必於廣川之上』的形勝。襄國城地處河北[11]南部，西倚太行山，面對包括青、兗二州之地在內的廣闊平原，南控河水，北接幽燕，還有太行八陘之一的井陘關隘，又是西入并州的重要屯兵駐守要地，戰防進退都可以。」

依從張賓之議，石勒丟下鄴城不打而驅兵直取襄國城。駐守這裡的晉朝官兵，放棄守備溜之大吉，石勒部眾順順當當進入了襄國城。

08　古代方國名，名邢，在今河北邢臺西南隅。漢初項羽以趙襄子諡號改為襄國。

09　指春秋五霸中的齊桓公，呂姓，名小白，春秋時齊國國君，西元前六八五至前六四三年在位，死後傳位給子無詭。

10　姬姓，名重耳，晉獻公子，春秋時晉國國君，西元前六三六至前六二八年在位，死後傳位給子歡。

11　古時指黃河以北地區，即西元一九二八年之後的河北省轄域的南部地區。

第二十五回

調兵遣將圍攻襄國城 突門出擊重創鮮卑兵

第二十五回　調兵遣將圍攻襄國城 突門出擊重創鮮卑兵

占據襄國城以後，石勒遣使稟報平陽漢帝劉聰。在殿堂議事的幾位謀士一聽奏表內容，都認為石勒此舉大有自行立國之嫌，極諫劉聰派使去襄國，敕命將石勒禁入檻車，押送回朝治罪，只是劉聰搖頭不應。他前兩個月從偵探口中獲悉，并州劉琨差人向王浚示好，想讓王浚帶鮮卑段氏騎兵與他合力攻平陽，所以眼下河北之勢還不能少了石勒。不過，這時候他只裝糊塗，左臂往几案沿一靠，擺出一副閉目乾坐的樣子，片刻之後睜眼直望下面眾臣，道：「給朕擬旨，署石勒持節、散騎常侍，都督幽、冀、並、營[01]四州諸軍事，冀州牧，封上黨公，封邑五萬戶，其餘如故，差使宣諭去吧。」

一些大臣跪下說，臣等以為不可，劉聰早已離座出旁門朝後宮走去。還跪在地的尚書省與中書省的臣僚相互看著，說道：「這這這，這該如何是好？」

太保劉殷道：「看有何用，擬去吧。」

朝使奉命來到襄國城，石勒聽完宣諭的那些封賞，一笑置之。

很重視營址地理地勢的石勒，大致看了看襄國城的地形，遂與張賓和一干武將騎馬出來大營北去查看周境，直至中丘縣才折轉跨太行山邊緣南巡，在一處光禿禿的山頂下馬西望，手攏住頦下飄拂的長髯，問道：「往那邊去是什麼地方？」

01　指營州，古十二州之一。〈孔傳〉載：「禹治水之後，舜分……青州為營州，始置十二州。」轄地相當於今河北、遼寧等地。

張賓看一眼他的指向，道：「漿水。」

石勒微笑著，問道：「漿水，是個有名氣的地方吧？我好像聽說過這個名字。」

看出石勒今天興致很好，張賓趁勢大誇了一通襄國城的歷史——西周時，周成王[02] 承襲古制，析符而封周公旦第四子姬苴為邢侯，築邢城，史稱邢國。到戰國趙成王時，在轄域西北的漿水附近高築檀臺朝見諸侯，後人把這裡稱為邢臺。後來楚漢相爭，項羽立張耳為常山王，王趙地，都襄國城[03]。但原有城垣多處塌毀，張賓請石勒下令修築，說道：「我大軍今處於王浚與劉琨兩位晉朝刺史家門口，必為他們所忌。如果他們在我城垣未固、糧儲未豐之時出兵來犯，我們將很難站得住腳根。依我之見，應趁秋莊稼成熟之機搶收野穀以充軍食，方好穩定軍心。」

在石勒看來，既要修築城牆，也要派兵攻略冀州一帶的郡縣搶收野穀儲糧，只是這一帶已陷入饑荒年月，兩升穀值一斤白銀，一斤肉值一兩白銀。在這樣的情形下，只能做一些掃掠官府塢堡、整頓鄉村、核實戶口、安撫百姓、寬簡民生的事，規定每戶年出兩匹帛、兩斛穀，並扶持學校，承傳文化，表示他要長久經營襄國城這片土地。相鄰的郡縣官員、大戶、塢堡，見石勒沒有以前那樣打了走、居無定所的流寇習氣，又畏懼他的威名，紛紛請降，向漢軍納獻糧草。

02　即周武王姬發的兒子，名誦，西周第三代國王，死後傳位其子釗。

03　俗稱臥牛城。

第二十五回　調兵遣將圍攻襄國城 突門出擊重創鮮卑兵

　　勘察過西邊，又想東出，更想看看早已聽說過的大陸澤[04]，眾人划一葉小舟，蕩入澤中，領略一下湖澤不一樣的風光。這天，石勒帶了張賓、程遐、石虎、張敬、石會興致勃勃騎馬朝東奔去，走出數十里地，竟遭遇一哨巡邏游騎的截擊。石勒想衝殺過去，又怕傷了張賓、程遐，雙方僵持到石會搬來駐紮襄國東城門外的騎兵，殺退了那些游騎。回到中軍大帳，石勒吩咐查一查是誰的游騎，查實了，立刻出兵滅了他。

　　張賓說已經查問過了，是苑鄉城派出來的巡邏兵。

　　提起苑鄉，將領們就發起火來，說相鄰一二百里的郡縣，獨有苑鄉對漢軍既沒表示請降，也沒有送糧草。石勒問什麼人竟敢如此小看我們。張賓向他講了盤踞苑鄉的兩個頭領的來歷——一個叫游綸，一個叫張豺，都是廣平地界塢堡與塢堡聯盟的頂級頭領，集結數萬之眾據守苑鄉，明面上接受幽州刺史王浚給的官職，實則想獨立成事。石勒聽出是一支組建不久的塢兵與流民組合的隊伍，便派劉膺、高貢二將領兵五千往攻，大敗而歸。石勒惱上加惱，一口氣點了支雄、夔安等七將，率兵再攻苑鄉，不過三日盡破其周邊營壘，游綸、張豺帶領殘兵縮回城裡。當天深夜，一位守城將領跑來大帳向游綸、張豺報說漢軍趁夜靜摸到西城牆根，往上架雲梯了，聲稱若不開城投降，要殺進城來盡屠生靈。游綸、張豺命他速登城向外喊話，

04　古澤藪名，亦稱巨鹿澤、廣阿澤，在今河北任縣、巨鹿、隆堯三縣之間，已湮為窪地。

請漢軍稍退一箭之地，待主將做出決定之後回覆，實則是以緩兵之計遣使求援。

※

晉大司馬、大都督幽州刺史王浚，當初由於石勒之軍北略頻發而不快，憑藉鮮卑騎兵的力量和大將祁弘一條性命迫使漢軍勢力南移之後，又為連日無事煩躁，吩咐他的親信棗嵩，備來一輛牛拉遊車，要往園囿賞鹿，忽有偵探跪到車前，稟報說有幾千兵馬朝苑鄉方向而去，請大都督斟定要不要差人再探。

難耐寂寞的棗嵩只怕賞不成鹿，勸王浚此事回來再議，暗向御車侍僕打了個手勢。那侍僕一腳蹬開還跪在地的偵探，又往牛背上抽去一鞭，車輪開始慢悠悠地向前滾動。剛出了廨庭大院的門，迎面奔來一匹快馬。馬上之人滾下鞍撲通跪倒在地，只說了一聲「稟」，便無力再說別的話了。棗嵩又要命御車侍僕趕牛前走，王浚伸手道：「停下，停下。」

這人來得這般慌張勞頓，王浚允他稍歇之後卸下背後的包裹，取出告急奏表。棗嵩接了雙手呈給王浚，拆開泥封看了才知石勒大軍又從南返回進據襄國城，核實戶數，搶糧儲資，還派出幾千兵馬圍攻苑鄉，大有久據此地之意。王浚放下告急奏表，高縱雙眉，吼道：「這個羯胡，放著南國富庶之鄉他不去，偏來本都督這裡搶地盤，我能讓他搶去？棗嵩，快，轉頭回去！」

近一段日子以來，王浚的廨庭裡很沉悶。祁弘戰死後，幽

州兵力大大削弱，今天苑鄉告急，王浚執意出兵馳救，麾下諸將沒有一人主動請纓出戰。王浚心裡早已藏著稱帝北方的祕密，實現這一祕密，不單是一個救苑鄉的事了，還得把石勒率領的這股漢軍轟出襄國城，他問道：「誰願將兵救去？」

一干將領都低頭埋臉，啞然無語。

王浚勃然大怒，嘩地推一下身前几案站起，呵斥道：「爾等一個個都啞巴了？我王浚鎮幽州多少年，養活了一干啞巴、一干廢物。」發了這麼一通火，才大聲叫出一個將軍的名字：「王昌。」

督護王昌併了併腳，躬身參禮，道：「裨將在。」

火氣猶盛的王浚，說道：「你在，你在，我不知道你在？去，即刻到校場點一萬兵馬，速速去救苑鄉。」

王昌道：「裨將領命。」他抬腳走到門口，又轉身回來，低頭思忖著，說：「裨將想，如此去救苑鄉不如去圍攻襄國城，趁其城隍未修、糧草不足，出兵征討，石勒慌於守城，會把外略兵馬調回，苑鄉之圍自解。」

王浚吭了一聲，自己怎麼沒有想到這一計呢？他那一聲已經失態，隨又狂然大笑，道：「我點你王將軍出戰，就是這個意思，這叫圍……圍什麼來呀？」抬手拍著腦門。

瞥一眼王浚拍腦門的樣子，王昌暗笑一下仰起頭，道：「大

都督是說圍魏救趙[05]？」

王浚點點頭，道：「哦，對了對了，就是說此計。今日應當叫圍攻襄國城救苑鄉，救下苑鄉攻打襄國城，總不能讓石勒賴在我的家門口不走吧。」

聽見司馬掾高柔等部屬低聲議論一萬兵馬不夠，王浚抬腳走到王昌身前，道：「王將軍，我不會讓你孤軍作戰。你先走，鮮卑遼西公騎兵隨後便到。」

王浚遣使持書急赴鮮卑族落的居住地令支城[06]請兵，鮮卑遼西公段疾陸眷認為初冬季節更適合騎兵作戰，帶領他的弟弟段匹磾、段文鴦和堂弟段末丕，將五萬騎兵南下，與王昌合兵一處駐紮渚陽[07]。石勒聞報，差使撤回支雄、夔安大隊人馬，集中對付幽州來犯之敵，苑鄉游綸、張豺和周邊一些塢主，都在觀望襄國城的風雲變幻。

雙方在襄國城郊拉開陣勢。首先出戰的是夔安，陣前王昌與夔安交手多時，漸漸招架不住，身後策馬來了一位穿著鮮卑服飾的將領，自報名叫段文鴦，夔安接住戰了幾個回合，石勒看出他已困頓，急命呼延莫躍馬出陣，替回夔安。正殺得難解難分，朔風驟起，兩廂兵馬都被捲進風塵裡。看不清對方兵

05　西元前三五三年，魏國圍攻趙國都城邯鄲，齊國田忌以軍師孫臏之計，趁魏國內部空虛而引兵伐魏，魏軍回救本國，趙國因而解圍。後來以圍魏救趙來指類似的戰略戰術。

06　在今河北遷安西，秦朝曾於此置令支縣。

07　即張城，在今河北邢臺東。

刃，每個將士手執兵器胡亂瞎擋保護自己。方才，統率北兵的遼西公段疾陸眷，見他的鮮卑騎兵勇往直前，屢屢得手，感覺勝利在望，誰知風雲突變，狂風驟起，這仗又是在對方熟悉的地面上打，相對自己一方的部眾來說，可真是眼前一抹黑，這仗還能取勝嗎？再看漢軍將士，風向對他們更為不利，不只光線暗淡，風塵還瞇人眼睛，睜也睜不開，沒有辦法對陣下去，急忙下令鳴金收兵。

次日，朔風已息，段文鴦早早跑來陣前搦戰。

漢軍征虜將軍石虎披甲而出，兩馬相交，槍矛撞擊，大戰半晌不分高下。段文鴦架住石虎的長矛提出換馬再戰，石虎回陣換馬。段疾陸眷的堂弟段末丕已衝將出來，站在石勒身旁待命的牟穆，向石勒參禮，道：「末將投靠麾下尚無尺寸之功，願出陣迎戰此將。」

還沒有得到石勒點頭，牟穆倒執刀出馬，與段末丕手中的畫戟一碰，大刀被擊落在地，石勒的前軍都尉左伏肅望見，驚呼「牟將軍回馬」，一馬飛出搶上去救，段末丕早把牟穆刺死，復抽回畫戟又將左伏肅打下馬來，口吐鮮血，身體僵直，不知是死是活，在場將士人人唏噓。

左伏肅做過虁安的副手，兩人親如兄弟。眼見得左伏肅落馬，虁安揮動兵器策馬衝出陣去，在段末丕的阻擊之下被動還手，支撐到部下親兵把左伏肅搶回陣列，轉馬敗回。

石勒好像極難相信眼前這個段末丕非一般戰將可敵的事實，揮手指向職掌戰鼓的都尉，大吼一聲：「擂鼓！」鼓車上的大鼓越響越緊，石勒提了他經常上陣使用的那支畫戟朝外走去。隨侍在旁的石會眼疾手快，一撲身拉住烏騅馬的韁轡，道：「大將軍去不得，去不得。張公，快來！」

　　張賓一拉馬韁橫到烏騅馬的前面，道：「明公，此將驍勇，不可力敵，眼下可使孔萇抵他一陣。」看見孔萇舉槊策馬的動作，他又擺手朝孔萇喊起來：「且住，且住。」

　　望見段末丕執戟向前追趕夔安，孔萇顧不得其他，疾速出馬橫槊一堵，把段末丕的馬擋住……

　　連續戰了幾天，陣陣不勝，還失了兩將，傷殘數將，石勒這支大軍敗得如封龍山之役那樣慘，石勒只好依從張賓不能硬拚的意見，退回城裡固守。

　　漢軍這邊下令兵退，幽州兵卻隨之掩殺過來，圍了襄國城，不時出動騎兵從城垣豁口處向裡面衝擊。雖然沒有突破城垣，可將士們日夜死守，十分疲憊。殘酷的現實讓石勒很是急躁，帳裡帳外走了幾遭，石會進進出出死跟住他，道：「大將軍何不問計張公？」

　　石勒道：「問過了，右侯說非有奇計不能勝敵。」見身後有人跟石會說話，扭頭回看一眼，說道：「你桃豹是來寬慰我的，還是來獻計的？」

第二十五回　調兵遣將圍攻襄國城 突門出擊重創鮮卑兵

桃豹臉露淺笑，道：「您說的兩點都是都不是。適才碰見劉膺將軍，他與裨將看法一樣。今強敵在外，我眾惶恐。我們不擔心您撐不住，是怕您浮躁使意氣。也不見得我比對手弱多少，要在攻守之策當與不當。願您沉穩面對，請來眾將獻策，會有奇招出來的。」

石勒嘴上說他也是這樣想的，半轉身做了一個揖讓的手勢，招呼桃豹返回大帳，連夜召集部將商討對策。坐在前面的幾人，呼延莫面現懼色，垂下頭憋著。逯明與郭黑略膀尖貼膀尖低聲說話，孔萇直暗示兩人，才坐直了身形，只有夔安噘嘴瞋目直看石勒。石勒道：「敗了，是我們還沒有悟出破鮮卑兵之法；悟出來了，就一定能戰勝他。夔安將軍，你說是不是？」

夔安半晌回話道：「別人悟出悟不出，我夔安說不準，我夔安笨，這時候還沒有悟出來。」

今天他說話的聲音與往常有些不同。往常也只是一張嘴先哦哦兩聲才說出來後面要說的話，曾有人叫他「哦哦將軍」，但此刻聽起來，很粗、很澀、很慢、很吃力，像是從嗓門深處一截一截拖上來那樣，眾人被他這種奇怪的聲音嚇呆了，都轉臉朝向他。

石勒有意用微笑來緩解一下眾將的緊張情緒，道：「我知道死了牟穆、重傷左伏肅，讓夔安將軍很悲傷，可在座的，哪個心裡也不好受呀。」他掃一眼夔安，又望了望張賓，道：「我召

集眾將來，是請爾等拿良策，做到少死人、不死人，就能打敗鮮卑兵，用勝仗安慰死亡將士的在天之靈。說吧，把想法都亮出來，我石勒願聞。」

眾將議論半天，所獻計策歸納起來，一為集全體將士之力與鮮卑兵決一死戰，興許絕處逢生，襄國城得保；一為放棄這裡重返葛陂，那邊馬有水草，人不用穿羊皮也能越冬，待度過冬天來春南伐，或可占領建康。

這兩條石勒都不贊成，說放棄襄國城非上策，集全軍之力決戰傷老本，當想一條既不過多傷亡，又能保住地盤的兩全之策。等了半天不見一人出聲，他又轉臉看向張賓，張賓因為時下還沒有一策可以奉上，一直在看孔萇。此刻孔萇、夔安、支雄、逯明、桃豹、支屈六、呼延莫幾位有勇有謀的將領，獻了一些北軍意在速戰求勝，我軍當堅守不出，待其兵疲志衰之時出兵突襲而擊之的計策。

無意中的一個「突」字，讓張賓想起從軍之前看過的《墨子·備突篇》，講到守城中的突門戰法，轉身向石勒施禮，道：「明公與孔萇、支雄幾位將軍說得有理，據探馬所報和這一段日子的交戰，鮮卑部落中段氏最為勇猛，段末丕又是段氏鮮卑諸將勇中之勇，所有段氏精銳又都在段末丕的兵營。今日探馬報來軍情說，段疾陸眷製作了攻城器具，謀劃用聲東擊西之計，使王浚督護王昌佯攻襄國城南門，差遣段末丕為先鋒攻打北

門，這說明段疾陸眷決不願讓他從遙遠遼西帶來的這支部眾在此久拖下去。」

石勒道：「我正想向右侯討教，你是不是有了退敵好計？」

張賓似乎沒有聽見石勒說什麼，他在看有的將領捋著袖子，手握劍柄，要出戰的樣子，心中自是高興，道：「彼越……」

孔萇轉向張賓，道：「張公，你不用『彼越』了，大將軍問你話了。」

待張賓轉眼上看，石勒重複了一遍向他討教的話，他惶恐下跪說自己怠慢了大將軍，還望恕罪。石勒出手虛扶一下，道：「我問你有何良策退敵？」

張賓道：「突門。」

石勒甩袂站起，道：「你突什麼門，我問的是有何退敵良策？」

張賓俯身揖禮請石勒坐下，道：「張賓說的是突門戰法。」藉著緩口氣，張賓有意望了望眾人的神情，道：「張賓揣度段疾陸眷早已認為我軍孤弱怯陣，不敢出戰，我越要以畏懼之形暴露給他看。做法上，當把老弱病殘擺上城牆守衛，城牆下面調集精壯兵卒悄悄在北城牆鑿幾十個暗洞，即突門。段疾陸眷領兵來攻北門，我將士從突門鑽出去直衝段末丕陣營，若能衝垮段末丕營壘，鮮卑兵必全線潰散。」

前面的將領眼望石勒，看他對此持何態度，身後有人高聲贊道：「這戰法好。」

贊者是孔萇。他比畫著說，再把有些比較隱蔽的城牆豁口加以偽裝，也可以當作突門來使用。同意此議的張賓點頭，說道：「只要偽裝得不使城外的敵兵看破就行。」

所獻戰法，讓石勒激動得立刻擺身出來案前，道：「右侯曲盡智略，竭心此戰，獻出退敵上策，我贊同。這是一場生死之戰，就看士氣了。孔萇將軍？」

唰啦一聲，孔萇站起來參禮，道：「裨將在。」

石勒胸部一挺，面容嚴肅地命道：「你與右侯再細細斟酌一下突門戰如何突、如何戰。這一仗由你來統督，必須取勝。」

孔萇道：「裨將遵命。」

眾將士承命，人人鼓氣從事，一夜之間挖築突門數十道。

段疾陸眷果然按他既定的方略攻打北門了。作為先鋒出戰的段末丕，這天早晨統率本部兵馬來到北門舉目上看，見上面守兵衣甲不整，神情萎靡，不覺哈哈大笑，隨之指揮將士叫罵挑釁，一直叫罵到時近正午，聲音逐漸稀疏低沉下來。張賓道：「以張賓看，是出擊的時候了。」

石勒點一下頭，命石會傳令孔萇出擊。

頃刻間，金鼓奏響，等候在各個突門口的將領帶領早已執兵待發的兵卒奮勇鑽出突門殺向敵陣，從北城門出來的大將孔

第二十五回　調兵遣將圍攻襄國城 突門出擊重創鮮卑兵

莨則直衝段末丕兵營，與段末丕招架了幾下，騎馬退到城門。段末丕追過吊橋，吊橋被守在城門頂上的漢兵拉起，把段末丕身後的數十騎擋在城河外邊。前衝的段末丕發現退路已斷，前面的城門沒有關，一擺韁彎放馬進了城門。孔莨指揮兩邊伏兵齊出，將段末丕活捉。

城外的鮮卑兵在段疾陸眷親自督戰下，一批接一批抬雲梯衝呀殺呀，忽見北門城牆頂上推出一員被捆綁的大將。鮮卑兵見是自己的主將段末丕，不覺相顧失色。愣神間，城門開啟，孔莨領兵復出，兩邊突門不斷湧出兵卒。鮮卑兵前鋒無人指揮，立時慌亂後退，和向前的兵馬相向碰撞，踩踏死傷者甚眾。

瞬息之間的攻守轉換，使鮮卑兵大敗，進攻南城的王昌，也撤兵遁逃，漢兵追出三十餘里。

※

陣前捉了段末丕，眾將咬牙切齒請求將其處死。夔安見石勒不答應，提一把刀闖進囚禁段末丕的那座疊石圈壘的幽暗石屋，要親手割下段末丕的人頭以慰英靈。

囚進這座石屋時，段末丕又叫又罵，讓看守的將士快點把他處死，不要讓他活受罪。現在看見夔安提刀闖來，滿以為可以死了，跪下伸頸準備受刑，但看守的兵卒也撲通一聲跪下，向夔安索要大將軍手令，說未奉大將軍之命把段末丕殺了，他等如何交代。

就在這時，張賓帶了幾個侍衛把夔安勸回中軍大帳見石勒。大帳裡，這時候聚集了許多將領，都是來說處死段末丕這件事的，石勒問張賓：「你以為可殺不可？」

　　張賓已經看出石勒不想殺段末丕，他自己也覺得殺了不見得就好，道：「從不結怨鮮卑族落來看，還是先讓他活著為上。」

　　石勒頷首，道：「爾等想想右侯這話之意何在？」扭頭掃一眼還在生氣的夔安，又轉臉直對眾將，道：「殺一個段末丕還不容易嗎？他已是階下囚。夔安將軍不是提刀去來嘛，聽說他甘願一死。一個要殺，一個願死，那你為什麼不提了人頭回來呢？」

　　夔安道：「我夔安，哦哦，夔安不是殺不了他，是不忍心我殺死他，您以失責之罪處死那些看守的兵卒兄弟。」

　　石勒呵呵笑出聲來，道：「看來你夔安將軍還挺有人情味的嘛，為何非要殺一個戰敗被捉失去反抗能力的人呢？」見夔安又要說什麼了，石勒忙擺一下手，道：「你不用再哦哦了，今日的妄行，我先記下。先說若是殺了段末丕，鮮卑部眾必然會來拚命。」

　　看見孔萇微微搖了一下頭，石勒馬上就問：「孔萇將軍，你是不是不相信我的預料？」

　　孔萇躬身參禮，道：「裨將不敢不信。裨將是想，段末丕像一座能為段氏鮮卑遮風擋雨的山，殺了段末丕，段氏鮮卑兵就

沒了這座山。縱然傾族來攻，又有何懼！」

石勒道：「你比方得好，然事實是我軍在此尚立足未穩，兵力和資儲不足以與外來之敵打消耗戰。再者，鮮卑兵攻我都城，根本不在與我有什麼仇有什麼怨，是受王浚挑撥驅使。今殺一人而結一國之怨，不如且拿他做人質，看他段疾陸眷有什麼表示。如他願意請和，不為王浚所用，不再來犯我轄境，就遣回段末丕，不然再殺不遲。」

這番話，孔萇佩服，說道：「大將軍這麼說，孔萇以為可以。」

一個親自指揮捉了段末丕的孔將軍都認可了，別的人還有什麼說的？所以石勒問還有沒有什麼不同意見時，眾將領都躬身參禮拜服，願遵大將軍之見。

夔安因擅闖囚屋欲殺段末丕之事，要下跪請罪時，兵營守門都尉進來稟報：「段氏鮮卑使臣在營門等候，要見大將軍。」

石勒道：「段疾陸眷這時遣使前來，八成是為了段末丕之事。右侯你留下，眾將且退。」

段疾陸眷接到段末丕被敵方兵馬擒拿的稟報，頭倏然嗡地一下，朦朧中彷彿看見祖先們在天空呵斥他替王浚賣命攻打襄國城之錯。那天，他領兵敗退到渚陽安下營寨，與部屬諸將商議營救段末丕。他的三弟段文鴦說出文救、武救兩種辦法，讓段疾陸眷選擇。

段匹磾問道：「按小弟你的想法當用哪一種？」

這還用問嘛，他當然主張武救，但段疾陸眷一直在心裡默念懇請祖宗英靈庇佑段末丕生還的話，半晌方搖頭，道：「你們該知道，大兄長（段末丕之父段務勿塵）可是把族人振興強大的希望全寄託在他身上了。不能救末丕生還，沒法安慰大兄長在天之靈呀！據此看，只能上門求和，先保住末丕性命要緊。」

段匹磾對段文鴦道：「二兄長的思慮也對。小弟你想，連最勇武的末丕都被他捉了，將士們誰還有勇氣憑武力去救人？就算對將士曉以大義，鼓起士氣，集強兵攻打襄國城，把石勒逼急了殺死末丕，不是空忙一場？還是遣使前去講和為妥。」

段文鴦瞋道：「懦弱！」

兩種救法，一時不好統一也得統一。段疾陸眷下了決斷，留下段匹磾繼續勸說段文鴦，自己出帳門喊來幾位將士，迅速安排使臣攜帶鎧馬、玉、錢、帛來見石勒。守衛大營營門的都尉領了使臣進來中軍大帳，那使臣小心瞄了一眼正中几案後面的石勒、旁側坐的張賓和左右站立的絳衣執兵武士，屈膝跪伏在地而拜，道：「鮮卑使臣拜見石大將軍。」

石勒故意問道：「是何事？你可以直言。」

使臣又小心一拜，說了來意，雙手恭敬地呈上段疾陸眷寫的書信和禮單。石勒接了，隨手把禮單扔過一邊，先聽張賓唸段疾陸眷寫的書信，其信中寫道：「懇請石公放還末丕，雙方

第二十五回　調兵遣將圍攻襄國城 突門出擊重創鮮卑兵

息兵罷戰，日後不再與石公為敵。若石公尚恐段疾陸眷反悔，願送段末丕三弟做人質。」

※

現在石勒要的就是「日後不再與石公為敵」這樣的結果，他傾身與張賓耳語幾句，伸手虛扶使臣起來，賜座，道：「你可以先回告段疾陸眷，只要他信守信中承諾，送不送人質，我都可以遣末丕北歸。」

使臣一時還沒回話，張賓就大聲斷喝道：「你聽清大將軍說的話了沒有？」只喝得那使臣忙又撲通一跪，頭磕地回道：「聽見了，聽見了。」張賓狠瞪他一眼，道：「你速回渚陽說給段疾陸眷聽，他領大軍撤退以後，我這裡即送歸段末丕。」

使臣拜辭，諾諾而去。

探聽到段疾陸眷撤軍回了遼西，王昌勢孤不敢久待，連夜返回幽州，石勒這才召見段末丕。

段末丕被擒以後，他想到過外面的戰事勝負，但每天想得最多的便是死。那天夔安沒有把他殺死在石屋裡，大概是準備殺在北城外的沙灘上，屍體掛到城門頂，起到殺一人畏一國（指遼西鮮卑國）之效。可他等了許多日子，也不見武士來提拿赴刑，讓他真有些納悶。

囚禁段末丕的石屋門朝東，在外頭上了橫閂，閂得裡面暗幽幽的。雖然與門對應有一個拿石塊壘了的通向隔屋的門，卻

又推不開，唯有南牆上方那個比碗口略大的透亮孔或者說通風孔，白晝能夠射進一束陽光，夜間可以望見月色。這陣子他就背靠屋牆面對透亮孔坐在這座古老式軍營的石屋裡望月色，不時有一片一片烏白相間的雲從天空掠過，透過厚薄不一的雲層，能看到月色一下子稍微明亮，一下子又變得暗蒼。那些連片雲過去以後，彷彿雲散天開一樣，現出透亮孔那麼大的一塊晴天。這好像是囚禁到這裡頭一回望到的景象，他不知怎麼就道出一聲：「唔，天開了。」

他多麼希望這晴天永駐於此，這樣就會在某一天借助光亮走出幽暗。此時他被冷醒了，把腳往鋪草下面塞了塞。本想暖暖腳再睡一下，屋門卻忽然大開，進來四名執刀武士。看這陣勢，段末丕認定自己死期到了。夜來天開月西行，恐怕就是預示著為他打開了通向西天之門，他眼望武士，說道：「此屋為我遮風禦寒，相伴多日，已是不願離開它了，我就死在這裡吧。」

一個武士冷冷笑道：「你想得美。若是讓你死在此屋，那天張公就不來阻攔『哦哦將軍』了。」但段末丕長跪準備受死不出石屋，武士們強行將他拖起，兩邊架了手臂，幾乎像架在半空那樣將他押來大帳，喝道：「跪下！向大將軍跪下！」

聽出案後多髯之人是石勒，段末丕急忙辨別一下方位，調轉身朝北跪伏下去望空一拜，道：「敗將末丕祖宗在北面，願面北而死。」

石勒打量段末丕，道：「聽說你再三求死，為什麼？」

段末丕臉都不扭，言辭激烈，道：「攻打襄國城不自量力輕狂搦戰的是我，連斬兩員漢將的是我，最終被擒的也是我。我是鮮卑人的光輝，也是鮮卑人的恥辱。若是死在你石勒的斬樁上，我是鮮卑族的英雄；如果活著回去，且不說族人會不會罵段末丕幾輩子，就我這般名聲，有何顏面再見族人？由此我想一死了之。」

石勒道：「別人怕死，你偏要求死，你認為死比活好？」

段末丕道：「凡事都有例外，我末丕是例外中的那一個，早已想定死了好。」

石勒道：「今日生死牌操在我手裡，我命你死，你不得生；讓你活，想死也死不了。」

說出這些話之後，石勒噌地一擺身站起來，抬腳走到段末丕跟前，拔出佩劍朝背側刺了過去。段末丕掃見他一劍刺來，挺胸伸頸，說道：「你早該動手。」

石勒道：「此刻動手也不遲。」只聽嚓啦一聲響，捆綁段末丕的繩索被割斷脫落在地。石勒收起劍，伸雙手將他扶起，道：「請坐吧。因為要當鮮卑族的英雄，而不願生還遼西了？」

等了大半天，段末丕嘆口氣，說道：「一個不再被族人啟用之人，還有什麼活著的意義！」

石勒已經坐到几案後的座位上，道：「我讓你活著助我成就大業。」

段末柸愣了一下，睜大眼睛直直地盯住石勒，道：「助你？」

　　張賓欠身向段末柸參禮，道：「明公早想在北面有一位能士與他呼應，望末柸將軍能成為明公北面的友邦。」

　　段末柸謙卑地向張賓還過禮，然後正眼看看張賓，又看了看石勒，以漢禮引背彎腰兩手掌著地叩拜，道：「如若真是這樣，我末柸可先把死放過一邊。」

　　石勒道：「這就對了，請起。」

　　段末柸感激涕零，起到一半復又撲通跪了下去，說道：「大將軍不殺末柸，還預備遣還本國，恩同再造，末柸永世不敢忘德。」

　　張賓傾身將段末柸攙起，在石勒帳裡睡了一夜。待太陽升起，段末柸請石勒召來張賓、張敬、程遐、孔萇、石虎諸人坐了，當帳跪下，指天而告願認石勒為父。石勒笑嘻嘻地謙讓，道：「不妥，不妥。若真有此意，最多尊我為義父。」

　　張賓、張敬諸人都認為還是稱義父為好，段末柸叫一聲「義父」，叩拜下去。明父子關係，張賓立刻吩咐就帳設宴慶賀，眾人向石勒、段末柸敬酒暢飲，酒闌席散。

　　段末柸臨走，石勒贈寶馬一匹、珠玉無數，親自送出大軍營門之外，並命張敬、石虎將他送至渚陽交給留守在那裡的段氏鮮卑將領。一路上，段末柸每天清晨太陽升起，必向南遙拜石勒三拜。

第二十五回　調兵遣將圍攻襄國城 突門出擊重創鮮卑兵

　　回到遼西，段末丕與段疾陸眷專和石勒交往，王浚與遼西鮮卑族落的軍事聯盟由此瓦解。

第二十六回

石世龍視俘遇故舊 王彭祖信讖事敗亡

第二十六回　石世龍視俘遇故舊　王彭祖信讖事敗亡

大司馬、大都督幽州刺史王浚，發動的攻打襄國城的戰爭以失敗而告終，占據苑鄉的游綸、張豺害怕了，趕忙寫了降表遣使來見石勒。石勒不准其降，還命武士把來使捆到帳外一株大樹上斬首，張賓從兵營回來望見，跑過去奉勸石勒刀下留人，道：「我知道明公恨游綸、張豺曾冷眼覷我襄國城，他們的游騎還追擊我主僕數十里，您想拒絕他們之降，而後加兵剿滅其眾，這倒也沒有什麼不可，然為拓展疆土瓦解晉兵計，對這些情願降我者，還是接納了為妥。」

還在火頭上的石勒，搖著手，說道：「那游綸狡黠，我怕他不是真心。」

張賓道：「沒了王浚的雄厚兵力做後盾，他掀不起大浪。」見石勒微微領首，張賓忙把自己想好的攻略目標說出來：「以張賓數來，游綸、張豺還夠不上明公最恨的仇敵。最恨者除了王衍、司馬騰外，眼下還剩一個。」

石勒揚了一下眉，問道：「哪一個？」

張賓道：「乞活。」

的確，石勒十分厭惡乞活軍。

乞活軍原是并州百姓，當初跟隨司馬騰來到太行山東邊的冀魏之地乞食求生，得司馬騰的政治助力而很快組成了一支龐大的流民武裝，人稱乞活軍，與汲桑、石勒初起的兵馬成為冤家對頭。汲桑、石勒曾幾度被乞活軍打敗，汲桑就死在乞活軍

將領的刀下。今張賓提起這支仇敵，使石勒再次由軫念汲桑而怨恨乞活，問道：「右侯什麼意思，是不是陳午有了貳心？」

張賓道：「不是陳午，是李惲。」

石勒想起來了，在洧倉被孔萇打下馬來，得何倫相救逃跑了的那個司馬越親信，這個惡徒今在哪裡？站在旁邊的孔萇恭敬參禮相告說在上白[01]。

話說出去了，孔萇又後悔自己不該嘴快，像道歉那樣朝張賓深低下頭，張賓呵呵笑了，道：「孔萇將軍，何必呢，我又沒有怪你。但此事還是你來說吧，李惲是敗在你手下逃跑的，你可能一直在關注著他的去向。」說罷，向左示意了一下。

孔萇明白張賓的暗示是說石勒在等待他的回答了，便把李惲洧倉敗逃後，如何由一些親兵引見準備投靠陳留太守王贊，怕王贊一城難容二雄，又如何北走收羅統領了一支乞活軍，被幽州刺史王浚看中命為青州刺史，占據上白的情況說了一下。話還沒有完，看見石勒離座站起來，張賓接著也站了起來，孔萇停了說話，一頭俯下。

石勒抬腳前踱數步，隨手扶一下孔萇，說李惲受司馬越所託留守洛陽，與潘滔、何倫一幫小人緣奸作邪，姦汙晉室公主、嬪妃，侵削公卿、百姓，作惡多端，必得殺了他，為百姓除掉一害。他命孔萇帶了石虎、劉征一干將弁為前鋒，自領

01　在今河北廣宗南。

大軍在後，驅兵劍指上白。

　　就是這個李惲，自被王浚擢為青州刺史，原在洛陽宮廷養成的驕奢淫逸放蕩習氣死灰復燃，每天泡在酒池肉林之中。此際，正在廝庭後室召來幾位美女相陪飲酒，守城部將進來向他參禮，稟道：「鄴城守將部下臨琛前來攻城，在城外叫罵將軍滾出上白。」

　　被激怒的李惲把端在手上的滿滿一爵酒放到几案上，道：「叫本刺史滾出上白？哼！」縱身一站，指指那爵酒，道：「把它放在這裡，爾等也不要走，等著看我出城將臨琛斬首取肉下酒。」

　　他的部將謝胥雙手拱起一參，道：「將軍且莫造次，讓末將前去殺他一陣如何？」

　　李惲投袂，斥道：「謝將軍沒有聽見我的話嗎？我要斬臨琛取肉下酒。」

　　謝胥感到自取其辱，低頭朝後倒步，道：「是，末將不去。」

　　李惲披甲執戟，上馬出城奔到陣前一看，叫陣的果真是臨琛，道：「你不隨劉演守鄴，反想侵陵上白，是何道理？」

　　臨琛微微笑著，說道：「不是侵陵，是收回。上白本就屬於我臨琛的鎮守之地，今日我隨了漢鎮東大將軍石世龍，上白這塊地盤就歸漢國所有了。你不速速滾出去，可就只有兵戎相見

了。」

　　臨琛先以劉演部將出現，後用他已歸順漢軍，曾駐守的上白亦當收復歸漢的言辭，全是孔萇事前教的，要用這些言辭激怒李惲出戰。那李惲不知是計，陣前又只有臨琛一將，所以他在馬上稍稍朝後一仰，嘿嘿冷笑了一陣子，說道：「憑你那兩下子，能奪走上白嗎？」

　　說完這話之後，李惲揮戟來戰臨琛，臨琛未及還手，孔萇霍然縱馬從臨琛背後閃出來，道：「不拘你李惲如何阻撓，今日上白必為臨將軍收回歸於漢國。」

　　看見孔萇手中提的那支長槊，李惲當下想起洧倉之戰，心裡竟有些許害怕。此前他聽說這個姓孔的賊將已經戰死在攻打襄國城的鮮卑段氏騎兵鐵蹄之下了，現在來看那是誤傳，這便慌得轉馬要走，但石虎的寶馬已飛奔到李惲坐騎的前面，手中長矛也隨之橫向使出。李惲急促接了一招，兩腿用力一夾馬腹向北逃跑，石虎向前追去，孔萇、劉征、臨琛也都追了上來。孔萇的長槊伸出去還沒有碰到李惲的身體，他早嚇得跌下馬來，懼死貪生地叩頭求饒，石虎發狠揮出手中長矛把他刺死，盡俘上白乞活軍士卒數千之眾。

　　雖然殺了李惲，石勒仍耿耿於懷，心想若不盡除這些乞活軍，今日殺了一個李惲，明日又不知會生出幾個李惲統領他們與自己為敵，因此下令當天夜裡挖坑把所俘獲的乞活軍士卒統

統活埋。

　　下達過活埋密令，石勒倒又想看看今日犯在他手裡的這些悍兵，將被活埋之時是什麼反應，吩咐侍兵幫他取來鎧甲穿戴起來，帶了石會幾個侍衛和張敬、張賓、桃豹、張越，騎馬奔至城外挖坑埋俘的地方。正指派將士監押被俘兵卒走向一個大坑的孔萇、石虎，望見石勒來了，都跑過來恭敬俯首參禮。石勒沒讓孔萇諸人稟報什麼，只命他們把所俘乞活軍集中起來，他要巡視一番再埋。

　　孔萇領命，手中的指揮旗來回擺了幾擺，乞活軍迅速一列列排開，石虎一干將領侍隨騎在馬上的石勒在排好的乞活軍面前邊走邊看，看見他們一個個垂頭喪氣的樣子，和當年截擊他和汲桑之時的神氣大不一樣，逕自站定哈哈大笑……霎時，石勒一收笑容，緩氣唔了一聲。

　　原來石勒瞟見一張熟稔的面孔，直愣愣地兩眼盯住他，四十來歲年紀，瘦高的身材著一領破舊絳衣，形容枯槁，左臉被打傷了似的有些發青。攢眉想著這個人名字的時候，這個人也仰起頭朝向石勒看。石勒撲通一聲跳下馬來，走到他面前，問道：「這位兵卒，你可是郭季之子？」

　　這個人愣神看了半晌，不知所措地答道：「降卒是郭敬，可是降卒我不認識將軍您呀。」

　　石勒退而回到小弟的身分上，踮步向前撲通跪倒就拜，道：

「小弟我拜見兄長。」

張賓和孔萇、石虎、石會諸人互相看看，誰也說不清石勒這般稱呼一個降卒為兄長是怎麼回事了。只有桃豹似乎知道點什麼，離村之前，有一天他到劉家找石勒一起去拜訪他想見的隱士，劉女說石勒去他大兄長那裡去了，大概就指這個人吧？這只是他的猜想，沒有向眾人吐露。

石勒眼裡湧出淚水，道：「我是當年你和二兄長數番相救的訇勒，今雖改名石勒，可還是你的小兄弟呀，兄長不認識我了？」

石勒富貴不忘故舊，又把對他的敬重和恩情說出來，這個人聽了彎下腰去端量了很久，兩眼淚光瑩然，道：「訇勒，真是兄弟你呀！」立即兩手著地頭靠至手，答拜：「降卒……降卒郭敬拜見大將軍。」

石勒道：「快不要這般稱呼，我在你眼裡始終是訇勒小弟。」

他當下與郭敬擁抱在一起……

故舊相遇格外動情，擁抱了好一陣子才鬆鬆手互看對方，石勒激動地雙手扶了郭敬站起來，自己倒又俯首參禮，道：「若不是老天爺有眼，指引我走出大帳前來巡視，你會葬身在我的活埋密令之下的。」

這下可把郭敬嚇呆了，打顫的身子朝後一縮，呆了半晌啊

出一聲，道：「你你……你要活埋這些人？」

石勒點頭，道：「是，活埋。」

慌得郭敬屈腿跪向石勒，道：「兄弟，哦，不妥不妥，我當改口尊您大將軍了。大將軍，那可是幾千條人命呀！您先前的善良心腸哪裡去了？怎麼可以坑殺他們呢？如能放眾人一條生路，還有誰不敬佩您石大將軍之恩德。若因為他們是乞活軍就坑殺，我郭敬願隨眾人一起死。」

石勒垂眉沉思良久，彎腰扶起郭敬，道：「你可不能死，我好不容易遇到你。至於這些人，待我酌量一下能不能容他們活下去。你知道吧，這些人是我的仇家，我的大將軍汲桑就死在他等手裡。」

在郭敬身邊的許多乞活，聽出他是在向石勒求情，都跪下叩頭，道：「求石大將軍饒恕吾等之罪吧。」

前面的人如此，稍遠一點的人跟著也跪倒在地央求起來。張賓忙讓孔萇下令，叫眾人都起來。孔萇望一眼石勒，站到他的馬背上，搖動手中的指揮旗，命道：「起來，快都起來。」

少數人起來了，多數人還在叩頭求饒。石勒對此全看在眼裡，湊近郭敬，向他指一下跪地不起的那些人。郭敬雖然知道該怎麼做，但他深知自己降卒的身分，不敢造次，張賓在一旁直為他鼓氣，他才道：「我們過去得罪過大將軍，今日又隨李惲抵抗大將軍的兵馬來取上白，確是有罪在身，我想起這些就

很慚愧。如若大將軍不殺我們，那是他的寬容；即或要殺要埋，也是以罪行誅。現在……現在……」他扭頭看了看石勒和張賓的臉色，又朝向眾人，道：「現在先起來，聽憑大將軍處置。」

經郭敬這麼一說，那些還跪著的降卒一個個都慢慢站了起來。石勒望一眼面前的降卒，轉身對張敬、張賓、孔萇、石虎眾人說，郭敬就是他時常和大家提起的兄長。過去他落魄之時，全靠郭敬、寧軀兩位兄長周濟才活下來。今日意外遇見郭敬，有了報答的機會。當即命人取來衣甲良馬，賜予郭敬，授以將軍之職。

郭敬跪下謝過石勒，起身後，又下跪，石勒笑道：「兄長請起，我知道你什麼意思。」

石勒眼望張賓，張賓會意地說出一個「赦」字，石勒邊點頭邊命孔萇速按右侯說的宣諭下去。孔萇把指揮旗唰唰一擺，高聲說道：「大將軍有令，所有乞活軍兵卒一概免死！」

隨後，石勒將這些兵卒撥給郭敬統領。

回到中軍大帳，石勒問郭敬：「你隨了司馬騰成了乞活軍，二兄長呢，他哪裡去了？」

郭敬道：「世道饑亂，糧食都被官兵搶光了。寧兄弟寄信叫我去陽曲，我走在半路被裹挾進并州流民潮裡來到山東。後來一個陽曲籍的兵卒回家奔喪，託他打聽過寧兄弟的下落。那個兵卒回來對我說并州刺史劉琨下面的一些官員倚恃權勢，不

遵法度，借募兵抓丁之名，搶掠民財，欺壓百姓，百姓群起反抗，弄得一方江山烽煙不熄。為避戰亂騷擾，寧軀去了叢蒙山。藏在那山裡的百十號人知他出身士家，當過邑主，求他設法保護眾人。他自感有些才氣，就逞起能來，做了那干人的頭目，居高築壘，趕造鐵黑兵刃，組織自衛，在抵抗劉琨兒子募兵抓人的兵馬時失敗了，被剿了老窩，去向不明。」

石勒道：「到底在不在人世了，也難說。」他轉謂郭敬：「要能找到他，做你我的謀士，該多好！」

郭敬失望地搖搖頭，道：「恐怕今生難以再見到他了。」

※

石勒還在幫助郭敬組建隊伍，邯鄲那邊的偵探又有新的軍事情報，說一些原來遣使與石勒構和議降的郡縣守令、士族塢堡，現在見司馬鄴稱帝長安，臨朝御政，有望振興國朝，便相互聯絡準備推舉盤踞鄴城的魏郡太守劉演為主帥，聚兵進討漢軍。石勒據此下令出兵攻打劉演，差遣征虜將軍石虎領兵向鄴城去。消息傳開，在鄴城注定不保的情形之下，劉演逃奔廩丘[02]。石勒得了鄴城，問張賓誰可鎮守鄴城。

張賓推薦前晉朝東萊太守趙彭擔當此任，趙彭說自己原是晉朝的臣子，今天如果領魏郡太守鎮鄴，別人會議論他為了權勢財利而事貳姓。他不想落下這種名聲，只希望石勒賜予餘

02　在今山東鄄城境。

年，安安穩穩走完最後的日子。

自起兵以來，征戰所經之地未見一個如趙彭這般顧及聲名而不求顯職權力者，石勒崇敬他的品行，收回成命，允他自便，賜予馬車一輛，以公卿俸祿對之。

辭退趙彭，石勒命桃豹為魏郡太守。桃豹承命赴任，鎮鄴三臺，安撫百姓。

再後來，石勒改任石虎接替桃豹鎮守鄴城。

石勒不強使趙彭鎮鄴，又待他寬濟有度量的名聲廣為傳揚，贏得許多士人和流民義軍前來投奔。先前由於中原干戈擾攘，政局不穩，北去依附幽州刺史王浚的人，又背離王浚來附石勒，帶來許多有關王浚方面的消息：中原戰亂的時候，王浚幾度出兵援助朝廷，勝多敗少，實力幾乎沒有受損失，轄域還不斷擴大，統御幽、冀二州，職爵也晉升至侍中、大司馬、大都督，自認為這其中一定有祖宗積德、老天爺庇佑。晉懷帝司馬熾被禁錮平陽後，王浚遂於幽州治所城外設壇祭天，假立皇太子，自為尚書令，諂命四方，託言已受詔書，承制封拜御天下。那時適逢前豫州刺史裴憲來投，王浚命他的女婿棗嵩和裴憲並為尚書，專司征伐，想再度聯合鮮卑段疾陸眷出兵討伐石勒。段疾陸眷不服他的調遣，斂兵不動。

晉愍帝司馬鄴建興元年（西元三一三年）冬，一心想混一

尊號的王浚，時刻不忘他父親的別字叫處道[03]，自以為「當塗高」的讖語正應在自己身上：鼎命有在，自己該當皇帝。

　　東漢、三國、魏、晉的亂世之秋，相士非常盛行。有一天，王浚巡視街市，一位相士看見他就說「符命在公」。無意中的這一相，更讓王浚對讖語堅信不疑。當皇帝，是他骨子裡的祕密，從祕密徵兵、祕密征糧征賦、祕密征差役修宮殿，發展到強行抓丁、搶糧，增加稅賦勞役，積存了百萬斛糧食，麾下兵馬多達數萬。當時幽州轄境之內從永嘉七年至建興元年（西元三一二至三一三年）旱災、蝗災及洪澇之災經年不斷，百姓缺衣少食，王浚連一粒糧食都不肯拿出來賑濟災民。王浚仍覺資儲不足，縱令親信棗嵩、朱碩、田嶠一干人再想辦法。這些人想到支持王浚榮登大位之後將帶給自己的無限好處，竟遵從王浚之意大肆搶掠，搜刮民財，搞得民怨鼎沸，上下恐慌。

　　最初，王浚只密令個別人為他稱帝謀劃，後來把祕密公開，讓人以不高明的手法宣揚王浚降生時滿屋異香，非同常人，還把相士的「符命在公」也散布出去，以使眾人相信真命天子就是他王浚了。

　　以為時機接近成熟，王浚召集幕僚徵詢稱帝一事，諸多正直之士當面諫阻，被王浚下令斬首。從事中郎韓咸，勸他能像鮮卑慕容部落首領慕容廆那樣臨民以寬，待士以禮，王浚以為

03　指西元二六〇年夏，王沈出賣曹魏皇帝曹髦之時使用的別名。

韓咸在有意誣衊他，把韓咸也殺了。

　　王浚如此濫殺，已是左右怨恨離心，不願接近他，耳邊少了諫阻之言，多是勸進之聲，他認為大事將成，傲矜之氣一天比一天高，說自己就要當皇帝的人了，還怎麼可以去辦理那些民間糾葛訴訟之類的雜事呢？把一應政事全推給親信黨徒去應付。但王浚所信任者都是一些貪橫苛刻之徒，尤以他的女婿棗嵩和時任掾吏之職的朱碩為最。此二人狼狽為奸，貪婪暴虐無度，幽州境內有民謠曰：「府中赫赫朱丘伯（朱碩表字），十囊五囊入棗郎。」

　　還有一首民謠譏諷王浚，曰：「幽州城門似藏戶，中有伏屍王彭祖。」

※

　　古人有言：「木朽蟲生。」自身不正的王浚，治政毫無章法，御民又頻出昏著，把幽州搞得殃禍於內，奸宄叢生，領轄之地烏煙瘴氣。漢國鎮東大將軍石勒了解到這些情況後，認為除掉王浚的時候到了，親來徵求張賓的意見。

　　這天張賓因病沒有出門，石勒讓石會引領來到了張賓的營帳，石會行禮，道：「大將軍來看望張公了。」

　　張賓道：「也只小恙，怎敢勞明公駕臨看望！」

　　石勒笑道：「坐在帳裡焦急，就跑來了。」

　　張賓微示侍兵，侍兵揖讓請石勒坐了，又請石會坐，石會

移步垂手站到石勒肩側。張賓從石勒親臨他處所推想，石勒是為襲擊幽州滅王浚而來的。戰勝鮮卑段氏送段末丕走時，就要轉兵逐北，張賓嫌石勒太過急了，但還是順了他的心意，做了一些謀劃，道：「明公來說王浚之事？」

石勒道：「我想出兵幽州，召來一些將領討教問計，夔安提議出大兵搗其巢穴，這方法耗費過大，不可取。逯明、劉寶說先按羊祜、陸抗故事[04]行事，以平等地位致書王浚，先穩住他，俟機而舉兵剿滅，我又不想拖得過久，不知右侯有何教我？」

張賓道：「明公快不要這般稱道張賓了，只要我有點滴之見，也會盡數奉上。」他坐直身形，抬手拱了拱，道：「傳言王浚平庸無能，又驕盈不法，恣意妄為，狂熱到信讖緯要稱帝，是他致命的弱點，欲除此人，須從這個弱點入手。」

石勒有些躊躇，讓張賓把他的計謀說清楚一些。

張賓款款講了《左傳》中的荀息滅虞、勾踐沼吳事例，教石勒偽裝一下，先把自己擺到稱藩的位置上，自稱是他的一方藩鎮之臣，卑躬屈膝事王浚，使他失去警惕而後可除。

石勒聽他說罷，唔了一聲，說他所獻即一個「詐」字。好，以此而行。

04　羊祜是晉朝坐鎮襄陽的將領，陸抗是東吳主將，率兵屯駐荊州，與羊祜對峙。兩人都是三國後期著名的將領，雙方在駐地各守疆界，和平相處數年，彼此之交被後人傳為美談。

※

　　悠閒在廨庭的王浚，命侍僕端上湯水啜著，聽見門外說道：「二位請。」

　　王浚忙把湯水放過一邊朝門看去，他的女婿棗嵩領了兩人邁進門來。棗嵩在前面走，跟在後面的兩人躬身趨步到了庭中跪下，道：「拜見大司馬、大都督王公。」

　　在這兩人進門時，王浚已粗略地打量了一眼，尤其後者的長相，讓他難掩心頭之疑。現在，兩人尊他大司馬、大都督下拜了，才轉臉問棗嵩哪來的客人。

　　棗嵩說是漢鎮東大將軍石勒差遣來的。

　　漢鎮東大將軍石勒這個名字嚇了王浚一跳，他騰的一聲站起來，沉下臉呵斥棗嵩不該把石勒的人領到這裡來。棗嵩朝前一傾勸王浚坐下，靠近耳邊說淡黃臉的叫王子春，粗眉多鬚大塊頭的叫董肇，都是石勒君子營極富才略的謀士，不會有什麼事的。經棗嵩這樣一說，王浚伸手命他扶起兩人，賜座。

　　奉命出使幽州謁見王浚的王子春、董肇，先讓隨從抬進兩箱珠玉財寶，呈上張賓以石勒名義寫給王浚的奏表，然後俯身坐下。

　　貪財是王浚的本性，看見抬進來那麼多財物，心裡就高興起來，瞇眼笑著又看了一眼坐姿甚恭的兩位使臣，才把奏表展到几案，見上面所寫是：「勒本小胡，遭世饑亂，流離屯厄，

竄命冀州，竊相保聚，以救性命。今晉祚淪夷，中原無主，王公州鄉貴望，四海所宗，為帝王者，非公復誰！勒所以捐軀起兵，誅討暴亂者，正欲為王公除爾驅。伏願王公應天順人，早登皇祚。勒恭敬奉戴，謹此表聞。」

王浚見石勒奉表打算歸附他，確有些大喜過望，忽又生出一絲狐疑，讓棗嵩朝案沿靠近過來，指點奏表上的字句，問道：「你說，這可能嗎？」

棗嵩暗中已收了王子春、董肇帶給他的一份厚禮和石勒的手書，王子春又灌了他若干將來還有好處的迷魂湯，就以王子春、董肇說的來意向王浚進言，道：「我派遣去平陽的人，前時回來說漢國那邊劉曜妒石勒功勞，劉聰忌他有異志。據此看，他別無選擇，只能北附大都督您了。」

王浚輕聲嗯了嗯，身子半轉朝向王子春、董肇，道：「石公也是當世英傑，據有古趙魏大片疆土，勢成鼎峙，卻想來就我稱臣，不是委屈了他？」

王子春文質彬彬，一介書生，其實他本為辯士，頗具才情，又極擅辭令，欠身一揖，說道：「我大將軍才華和勢力，符合王公您的誇獎。可是大將軍唯仰慕您的聲望，足以折服天下之人，現今海內諸雄可以為帝者唯有王公您了。我大將軍不是不喜歡立一國，自為王，是沒有那個天分。王公您當明白，盤古以來帝王乃天所授，非人相爭可取。故項羽雖強，天下終

70

歸漢有。由是我大將軍以前事為鑑，不願自己稱王稱霸，只想把身家性命託付於王公，正是我大將軍明智之處。」

董肇的粗眉仰了仰，向上看一眼王浚表情，道：「我大將軍一貫做實事，愛做臣子侍奉在上位的尊者，不願當帝王讓別人服侍自己，這就叫作娶媳婦穿白袍，一人一個喜好，這又何必多疑呢？」

聽二使所陳具象實情，所以王浚便把存於心頭的那些疑團拋之九霄，興奮得眉眼飛揚哈哈大笑，道：「本都督不是疑，是怕埋沒了石公大才。」

他邊說邊轉看棗嵩，棗嵩頷首笑道：「是是是，大都督正是這個意思。」

王浚覺得棗嵩的話不多不少，恰到好處，對他一點頭，當面封王子春、董肇為列侯，王、董當場屈膝跪地謝過王浚，在棗嵩安排下住進館舍，連夜打發一二隨從返回襄國向石勒報信，說一切順利。

王子春、董肇一行，在幽州上上下下遊說完畢，又進見王浚告以辭行，盛情邀請王浚遣使視察漢軍兵營。王浚也想以報聘形式差人去看個究竟。建興二年（西元三一四年）正月，王浚遣使與王之春、董肇一路同行，朝襄國城這邊的漢軍駐紮之地而來。

非常機敏的王子春，在離開幽州時派人將此事稟告了石

勒，王浚使臣一到，石勒在張敬、石會護衛之下出城三十里迎接回兵營款待，給了王浚使臣一個「石公磬折迎使臣」的好感。

使臣除了領有王浚口授的使命之外，還帶來他的書信和贈物──麈尾。石勒把使臣敬為上賓落座，自己俯身躬禮之後，雙手接過王浚的親筆手書看了，又將麈尾捧起懸掛到大帳正中，恭敬拜道：「石勒未曾見過王公，今見其所賜之物，亦如見到了王公一般。」

使臣道：「石公對大司馬、大都督之誠，吾等都看到了。」

石勒嘴上雖沒吭聲，心裡卻說如果不是讓你們看，我怎麼會這樣做呢？

設宴接待過來使，石勒又親自陪他們巡視兵營和兵器庫。這些地方，張賓早按石勒的意思吩咐將領們該隱的隱、該露的露，使臣看到的是弱兵羸卒和破舊兵器，那些強卒精甲、精銳騎兵根本沒有露面。

使臣住了數日要回去了，石勒讓他們又帶走一份厚禮，差董肇一路前往，再呈給王浚一道奏表，表上寫明石勒季春三月將親赴幽州朝覲王浚，尊奉他稱帝。

除此之外，石勒還命董肇帶了書信和禮品給棗嵩、朱碩、田嶠，表明自己不希冀那些權傾朝野的輔弼之臣的高位，只求三人能向王浚進言謀得并州牧和廣平公之封就可以了。

董肇隨王浚使臣北去一走，石勒立刻召來王子春，問道：

「王浚為政到底怎樣？」

王子春回道：「且不說他在政事上行周公之風，躬行庶政，連一般的理政治事都做不到。在幽州時，董肇悄聲對我說，這王浚行事毫無操守，胡亂混政，我看也是。」

石勒道：「『混政』，你還安了一個『混』字？」

王子春笑了笑，道：「不是我安的，是董肇，我以為安得恰當。」

張賓道：「你這一趟沒白跑。」

這話把王子春講得收不住口了，道：「說他混，一者去歲幽州諸多郡縣水澇成災，穀物大幅歉收，百姓飢餓，王浚不聞不問，毫無憐恤。二者下面所呈凶殺人命牒訴，王浚委給朱碩，說這些案獄由你閱實處治，這便形成刑苛律紊，下民不堪忍受。三者吏治反彈，所用非才，釀成能吏沒權，良將靠邊。不少人見王浚政亂眾叛，不久將死，只有他不知道自己活不了多長日子了，仍揚揚得意，以為曹操、司馬炎都差他一大截呢。」

石勒撫案，說道：「王浚老兒真可擒也！」

王子春道：「是可擒，亦可殺。」

石勒贊成似的點點頭，立命騎兵束甲待命，以期一舉，但時過數日，又不見行動。右長史張賓，讓守門侍衛稟入大帳來見石勒，行禮道：「像這樣的機微之事，必得縝密且快速而行，

按兵法之意，對別人發動奇襲，當大出彼之意料。想襲擊別人，又讓對方發覺了自己的陰謀，不可能成功。現在明公兵集經日延滯不行，不知還有什麼疑慮？」

石勒道：「我要的當然是成功，但我兵一出，暗潛於襄國城的幾方細作很快會把消息報回去，那些人能一旁坐觀我北吞幽州？」他直盯張賓一眼，問道，「右侯有無巧計？」

張賓微笑道：「您擔心有人伺隙襲我後路呀？眼下之狀，鮮卑、烏桓已與王浚有隙，不會救他，留下一個劉琨，也難有力量來寇邊犯境。我出兵奇襲幽州，是一次超出通常戰將想像的大膽動作，去來不過旬日，幾乎是一瞬間之事，憑他們幾方怎麼可能度出明公領一支孤軍，千里奔襲而速取幽州呢？」

石勒道：「可是劉琨路近呀？」

張賓道：「劉琨與王浚不和，儘管察知我襲擊幽州，大概不會出兵往援。您若還不放心，可差遣一支兵馬放到西面邊境上，來一次西防劉琨北擒王浚的大行動。用兵貴在神速，明公若無別的吩咐，當下令出發。」

石勒躍然站起，命張賓為他坐鎮襄國城，自己遴選兩千精騎，在夜色下出來大營，馬蹄裹布，不張旗鼓，除了馬奔跑喘氣，沒有別的聲響。

※

再看晉朝大司馬、大都督幽州刺史王浚，前段時間派去探

察漢軍大本營的使臣，滿載此行的收穫回去覆命，王浚聽了，心說難怪石勒要依附幽州，他已是兵勢寡弱得支撐不下去了。他這麼推測，瞇起眼睛笑道：「只要得到石勒這等當世無人能敵的高手，海內別的豪俊還有誰不臣服於我王浚。」

張賓為石勒出謀劃策拋出的這一計，使王浚稱帝欲望有了倚靠，很快忙著按傳統慣例預備冠冕、章服、印璽、組綬一應登基之物，別的如轄境之內的安危防範等都顧不上過問了。駐守易水的王浚督護孫緯遣快騎送來一急報，告說石勒率大軍渡過易水，行軍急促而又有隱蔽徵象，其形跡可疑，建議王浚速派兵防禦。恭立在王浚案前的棗嵩卻說道：「石公看好的是大都督的官宦世家和即將君臨天下的大勢，他擇善而附，正說明他有遠見。」

利令智昏的王浚呵呵一笑，道：「棗嵩說的是。石勒不想受漢節制，與晉又是冤家，只能選擇本都督來發展自己。他既有心擁戴，應當以禮迎接，不要像孫督護那樣疑神疑鬼。」他一變聲調，呵斥受孫緯派遣來送急報的那個快騎：「孫緯知道什麼，退下！」

三月初三，天還未亮，石勒騎兵馳至幽州治所城下，站定向城門望了望，待叫開城門，即把沿途所劫的上千頭牛羊放在前面，大軍跟在牛羊之後進了城。趕在前面的牛羊名曰禮品，實為探察城內街巷有無伏兵。一旦有伏，牛羊堵塞要道，伏兵

無法快捷集結出擊。石勒騎兵以迅雷不及掩耳之勢來到王浚廨庭，將四周包圍。

侍衛把沉睡中的王浚叫醒，急惶惶上前跪下稟報了石勒騎兵入城之狀，王浚當下有些驚駭，召來棗嵩諸人隨侍身邊保護自己，並吩咐預備兵馬防範。

幾個將佐道：「石勒的人馬已將廨庭圍得死死的了，哪裡能調得來兵馬！」

王浚面色失血，嗓門一扼，兩隻眼睛像求救那樣向棗嵩討主意。棗嵩出手指一下旁門，而王浚迷迷瞪瞪大半天都不知道棗嵩指旁門什麼意思，急得棗嵩縱步過去湊近他說「逃跑」，他才疾速帶了棗嵩、朱碩、田嶠幾個親信溜出旁門，晨色之下站立兩員大將卻堵住了去路。有識得的人告說此二人是石勒左長史張敬、中壘將軍夔安，王浚彎腰兩手相接前拱深揖一禮，道：「石公安在，你們速去代我通稟一聲，說我王浚要見石公。」

這時候，石勒從將士中間走出來，看了一眼王浚揮揮手，眾武士上前將王浚擒拿了，上了綁繩。

走進幽州治所，石勒坐到王浚平常治政理事庭堂的座位上。王浚沒有子嗣，石勒將王浚年輕貌美的妻子召來，拉她與自己並坐，然後傳令武士把王浚押到面前。看見石勒連自己的妻子都拿來要笑他，王浚咆哮著朝石勒啐了一口唾沫，破口大罵石勒「凶逆」。

石勒把王浚妻子推開，責備道：「本將軍姑且不論你位攝百揆，爵列三公，卻不知自愛而加賦稅、征役夫、拆民舍、建宮殿、慢諫不仁誅殺良善，單只你食晉朝之祿而不謀晉朝之事，身為晉臣而不忠於晉室，反欲篡晉自為帝王，如此誰為凶逆？」

聽了這些駁斥，王浚低下了頭。

石勒差將軍王洛生，率五百騎兵先送王浚回襄國城大營。王浚的幕僚都慌了，一個個心驚肉跳，跪爬到石勒帳門前，進獻金錢、玉帛賄賂求生，只有尚書裴憲、從事中郎荀綽二人剛直守正，不肯前往請求寬宥。石勒當即召來二人，斥責道：「那麼多人都來請求寬恕，你們難道沒有助王浚作惡嗎？」裴憲、荀綽怒目圓睜，回道：「王浚雖然性暴喜殺，卻是晉廷藩封大吏，我們對他怎敢有貳？若大將軍不修恩德道義，專事展示你的威嚴刑戮，我們死也不會下跪求饒。」

裴、荀說罷轉身離開。石勒望著兩人剛直的樣子，又命人召回，欠身道歉，道：「我石勒厭惡的是王浚那號庸人，論智無智，要才無才，還自以為氣度不凡，妄想稱帝，對爾等正派自廉之士，豈會無端加害？」

兩人聽了下跪謝罪，道：「大將軍能這般看待，我們也無話可說了。」

石勒彎腰將裴憲、荀綽攙扶起來，納於麾下，對棗嵩、朱

碩、田嶠等一干貪財亂政之人，當即下令以律斬首，隨後讓將士查收王浚所屬官員家藏資財，很多人都多至巨萬，獨有裴憲、荀綽家無錢帛，唯鹽穀若干而已。石勒見他們在貨賄公行的幽州能自廉如此，煞是難能可貴，這便更加敬佩地對部下將領說道：「我不喜得幽州，而喜得二子（裴、荀）邪。」

當下，石勒任命裴憲為從事中郎，荀綽為參軍。

石勒在幽州城只住了兩天就回返，卻因勝而驕，不做戒備，途中遭到王浚督護孫緯的伏擊，兵將損失慘重，石勒得於張敬、石會等勇將的拚力保護才逃回來。石勒恨恨不已地押出王浚斥他僭差亡度，人神弗佑，立命將他梟首，用木匣盛了人頭送至平陽。漢帝劉聰差大臣劉純為使持節來到屯駐襄國城漢軍大營，加授石勒為大都督領陝東諸軍事、驃騎大將軍，封東單于、侍中，使持節、開府 [05]、金錞黃鉞 [06]、前後鼓吹二部 [07]，增加采邑十二郡，原先賜封的校尉、二州牧、公如故。

對劉純宣諭的所授所封石勒堅辭，僅接受二郡。

石勒召開慶功會，賞賜左長史張敬、大將孔萇等十一人為侯、伯、子，其餘文武亦評功進位各有等差。

05　有自行斬殺違犯軍令者之權。

06　有代皇帝行事之意。

07　出行時可設前後虎賁儀仗。

第二十七回

讀漢書將軍憂古人 憐陳休侍兵訴宮醜

第二十七回　讀漢書將軍憂古人 憐陳休侍兵訴宮醜

　　石勒鏟平幽州，燕趙之地盡為其所有，讓人畫了山川河流地理輪廓，手指西面的太行山、東面的渤海、南面的河水和北延至獨石口[01]外，道：「背山面海，中間為可耕可植的平原，真是個立國、養兵、御民的好地方。」

　　陪侍在旁邊的幕僚，聽他這般口氣，笑道：「如果不是張公力諫，葛陂轉兵，只怕吾等還在過著拔一城、丟一城，丟一城、拔一城的遊蕩日子，就憑這一點，當謝謝張公。」

　　石勒抬一下手，道：「拿酒，謝右侯。」

　　張賓拱手，道：「過譽了，過譽了。」

　　十分愜意的石勒說不過，一點也不過，傳來孔萇、石虎、支雄、桃豹等一干幕僚，在大帳小宴。觥籌交錯之間，他偶然問起上一回巡視襄國西北面的事，道：「當時，你幾個說從鹿泉水北去有泜水。右侯，這泜水就是你說的陳餘死的地方吧。」

　　張賓道：「回明公，是。」

　　接下來，張賓講了韓信斬陳餘的歷史事件：楚漢相爭之際，漢王劉邦遣張耳、韓信「北舉燕趙」，趙王歇[02]和當時在趙國輔佐趙王的代國國王陳餘得到探馬急報，慌忙聚兵二十萬到井陘口準備迎戰漢軍，但陳餘不聽燕國名將李左車帶三萬之眾抄小路去井陘狹道切斷漢軍糧草之計，結果韓信布陣井陘，一戰將

01　在今河北赤城北，為外長城要塞。

02　西元前二〇八年被陳勝部將張耳、陳餘擁立為趙王，西元前二〇六年項羽封他為代王，次年復改立為趙王，西元前二〇四年韓信在井陘口斬陳餘、擒趙王歇。

趙軍打得大敗，生擒趙王歇，斬陳餘泜水上。

　　石勒看看眾人，道：「不記得誰和我說過，陘山之險為河北、河東之關要，『車不能方軌，騎不得成列』，若陳餘聽從李左車之計，選擇那段狹窄通道扼其糧草，被斬的恐怕就是張耳、韓信了。如此扼糧道奇謀，陳餘為何不用呢？」

　　張賓飲得有點過量，眼微閉，雙手拍拍頭，然後睜開眼睛，說道：「這酐致賓之頭腦昏昏，想不起《漢書》是如何寫的。」略一頓，目光轉向徐光，道：「徐光公，還是你來和大將軍說說。」

　　聽興正濃的時候要換人，石勒立刻變了臉色，眼看張賓將要領受呵斥了，桃豹趕緊躬身參禮急叫了一聲「大將軍」，石勒才臉色溫和望一眼張賓，當即想起張賓曾多次向他說起過徐光是君子營唯一亦儒亦武文武雙全之人，其性雖然桀驁不馴，不知自謙，卻奉王道而體國，可以委以重任，恍然明白張賓有意讓這個武健書生露頭露臉，一展才華，才轉向徐光點了一下頭。

　　徐光飽讀經史，博學多聞，張口就說陳餘奉行他的信條──在他的意念裡，有一種春秋時期上流貴族之間戰車作戰遵循的所謂戰爭禮的遺訓──「鳴鼓而戰，不相詐」，說正義之師不以陰謀詭計取勝。理由是自己一方有數倍於敵的兵馬，如果避而不擊，各路諸侯豈不鄙視趙軍無能？竟與趙王歇排開陣勢與漢軍正面對壘。兩方交鋒時間不長，張耳、韓信即引兵

敗退，陳餘朝前一看，揮手下令擂鼓，輕裝疾進追殺。李左車見潰散漢軍雖然扔下一些零散屍體、戰馬、草鞋、箭壺、絳色披風和折斷的兵器，但明顯看出張耳、韓信將旗麾蓋，一直保持先後次序徐徐回退，一點都不見慌亂，於是力諫陳餘說漢軍今日出動兵力並不多，恐怕另有奇兵，或者另有預做防守的正兵；奇正虛實之道，大王您不是不懂得，為什麼偏要在這等險厄之徑追擊漢軍呢？陳餘非但不聽，反斥責李左車如此之怯，氣得李左車唉聲嘆氣退過一邊。

石勒聽了，徐搖下頦鬚髯，道：「書生。」

石勒沒入過學，目不識丁。自從起兵反晉做了大將軍，在行軍打仗的諸多事情上，使他認識到領兵打仗得憑武將，出謀劃策則少不了讀書人。這就接受孔萇提議，廣納衣冠人物，收張賓，設君子營，時常與張賓、王子春、董肇、杜嘏等這些博古通今的人一起習演文武，喜人讀史書給他聽，尤其是願聽《漢書》。現在徐光他們說的張耳、韓信背水布陣，一戰而斬陳餘泜水上，聽來很有深意。認為《漢書》有許多他想知道的東西，渴求從中汲取己之所需來治兵御政。

這天，石勒隨部將葛薄一干文武寇濮陽得勝回返，叫葛薄、徐光等與他並轡徐行，重又談起漢初劉邦被困滎陽之事。侍隨的將領說那時各路諸侯進兵關中滅了秦王朝，項羽分封十八王，自為西楚霸王，王九郡，都彭城。項羽謀士韓生說：

「關中沃野千里，阻山帶河險要之地，可以建都以霸。」項羽說：「富貴了不還故鄉，就如同穿著華麗的衣裳在黑夜裡行走，有誰會知道呢？」韓生彎腰如磬那樣退出項羽大帳，說：「有人說楚人像猴子學人戴帽子，還真是說對了。」[03]

在項羽眼裡，劉邦是十八王裡最不好控制的一個，封王時將他封為漢王，王漢中，都南鎮，又把雍、翟、塞三王封到關中、巴、蜀，以阻劉邦北歸和南擴之路。劉邦看出項羽想把他扼死在秦嶺之南道路崎嶇艱險的狹小地帶，十分氣惱，但在謀士張良、蕭何和幾位大將力諫之下，權且就國南去。

項羽得到密探稟報，說劉邦就國途中燒毀了棧道，已無東歸之意，對劉邦的控制就放鬆了下來。而劉邦在漢中厲兵秣馬三年，聽從韓信奇出之計，北擊雍王章邯，降伏塞王和翟王，順利還定三秦[04]，進而很快東出，集中兵力攻占了彭城。劉邦怡然自樂地說，假如起初項王納韓生之諫，恐怕我們如今頂多在關中與項王打仗⋯⋯說罷，就天天大擺酒宴慶賀。沒料到在齊地作戰的項羽悄聲回擊彭城，從清晨到午時半天工夫，僅以三萬騎兵打敗了漢王劉邦的五十六萬大軍。

03　項羽認為韓生的這句話，是對他「富貴了不還故鄉，就如同穿著華麗的衣裳在黑夜裡行走，有誰會知道呢」的諷刺，命人抓來韓生放進燒沸的大牲油鼎裡煮死了。成語沐猴而冠，出自此。

04　秦帝國滅亡後，項羽三分秦故地關中——封秦降將章邯為雍王，領今陝西咸陽以西和甘肅東部地區；司馬欣為塞王，領今陝西咸陽以東之地；董翳為翟王，領今陝西北部地區，合稱三秦。

　　石勒一手執馬韁，一手揮出，道：「唔，三萬對五十六萬？這這，這可能嗎？」

　　徐光道：「這有什麼不可能，我軍不是以兩千精騎收拾了領有幾萬兵馬的王浚。」

　　石勒仰身哈哈大笑，道：「你們繼續說，繼續說。」

　　隨在身邊的人緩緩言道：「漢王一直敗退到滎陽，卻敗而沒垮。」

　　石勒前眺略見起伏的驛道，勒一下馬韁放慢速度，道：「劉邦沒垮，什麼原因？」

　　徐光說道：「因為人有糧吃馬有草——一到滎陽，謀士酈食其請劉邦迅速派兵保護秦王朝建在滎陽附近儲備糧草的敖倉，把守成皋要塞，保障了糧草源源不斷，直到糧道被項羽奪去，漢軍糧缺，迫使劉邦向項羽低頭請和……項羽謀士范增說若在這個時候放過劉邦，將來留下的只有後悔。項羽聽了頓然而悟，集中兵力朝滎陽城猛攻猛打。」

　　講述到這裡，徐光又緊扣《漢書》所載解讀說漢王在滎陽脫身不得，召來謀士酈食其問計。酈食其獻了一條削弱楚軍勢力、漢軍處境就會好轉的計策，說從前商朝開國之君成湯伐

桀[05]，封其後代於杞[06]：武王[07]伐紂[08]，封其後代於宋[09]。今秦伐六國，滅其社稷，大王若能趁此鑄齊、楚、燕、韓、趙、魏六國之印，分別送給原六國後代，封其為王，他等君臣百姓誰不對大王感恩戴德，聽命大王您的驅使而反項羽呢？劉邦以為這個多智多謀的酈食其又為他獻了一條好計，說一聲「善」，立即下令鑄印，讓酈食其帶上去封六國的後人。

聽到此處，石勒道出一聲：「完了。」

徐光回道：「沒有完。」

回答完這一聲，徐光抬眼看石勒，早已奔跑到前面去了。因為劉邦竟然採納了酈食其出的那個封六國之後的壞主意，石勒聽了心頭焦灼，右手習慣性地隨之向下劈去，卻忘記手裡拿的是馬鞭，鞭子落在了馬屁股上，烏騅馬無故挨了一鞭，受到驚嚇，前後蹄一揚，載著石勒沒命地狂奔。

這可把徐光嚇得不輕，趕忙招呼一聲石會，與他一起打馬飛快追出數里之地，見石勒硬將烏騅馬勒住，這才跟上來欠身行禮，道：「大將軍，是徐光《漢書》學得不精，沒有說清楚。」

05　夏朝末代國王，被流放死於今安徽巢湖北岸。

06　周朝方國，在今河南杞縣。

07　周武王姬發。

08　商紂王子辛，自焚而死，商朝滅亡。

09　西周封國，其地在今河南商丘南。

第二十七回　讀漢書將軍憂古人 憐陳休侍兵訴宮醜

石勒搖頭，道：「事不在你。我方才那一聲不是說你讀完了沒有，是說劉邦竟然同意重立六國，是為他自己打天下自造阻力，他的事業完了。不知劉邦何以遂成天下？」

啊，原來石勒是在替古人擔憂呀，徐光呵呵笑道：「請大將軍不必過慮，此策未行。」

石勒看徐光一眼，道：「未行？走，到我帳裡細說。」

徐光向前一看，已到了襄國城門……

回到大將軍帳裡，侍兵侍候石勒穩坐几案之後，送上湯水，石勒啜了一口，吩咐侍兵也端來湯水給徐光，又傳支雄、夔安、傅宣、趙鹿、左伏肅、劉膺、孔豚、桃豹、程遐等一干文武幕僚來陪他聽《漢書》。

徐光翻開《漢書》，接住「此策未行」往下讀起來：「食其未行，張良從外來謁，漢王方食，曰：『子房前。客有為我計撓楚權者。』具以酈生語告張良曰：『如何？』良曰：『誰為陛下畫此策者？陛下大事去矣！』漢王曰：『何哉？』對曰：『臣請借前箸，為陛下籌之。昔湯武封桀紂之後者，度能制其生死之命也，今陛下能制項籍之死命乎？其不可一也。武王入殷，表商容之閭，釋箕子之囚，封比干之墓，今陛下能乎？其不可二也。發鉅橋之粟，散鹿臺之錢，以賜貧窮，今陛下能乎？其不可三也。殷事已畢，偃革為軒，倒載干戈，示天下不復用兵，今陛下能乎？其不可四也。休馬華山之陽，示以無為，今

陛下能乎？其不可五也……』」

　　徐光正讀得津津有味，程遐卻說道：「書中有些字句極其深奧，又沒有釋例，不知大將軍聽得如何？」

　　石勒對古文有自己的喜愛和理解，常從古典史書所載事例中思索參悟古人的行事道義和施政得失，擇其要者以為己用。他對眾人說道：「對我而言，領悟其意就夠了。」

　　自知此問多餘，程遐甚感沒趣地看向徐光。徐光見程遐咧著嘴半晌不出一言，忙道：「大將軍聰哲明允，聽了就懂。」徐光目光也離開了書簡，說張良連續提問所擺出的事實，表明今之天下不同於武王克殷之後不復用兵的那種情境，怎麼敢封六國後代呢？如果採用酈食其之策行事，許多遊客謀士各自回去服侍本國的主上去了，還有誰來與陛下一起奪取天下，漢國的事業何成呢？漢王聽了張良的話，驚訝得停止了進食，把吃在嘴裡的食物也吐了出來，罵了一聲「豎儒幾敗我之事」，隨即下令把鑄成的印銷毀了。

　　石勒說道：「賴有張良諫止，不然有沒有漢之偉業，就難說了。」略做沉思之後，又對眾人說：「一鑄一銷，表明讀書人裡頭有智士與腐儒之別，用智士事成，聽腐儒事敗，可見作為君王之用人納諫，必得慎之。」

　　在場僚佐聽了，沒有一個不拜服石勒的聰慧。

　　徐光又要往下讀了，張賓的侍從稟報了一聲，自撩門帷進

來，徐步趨至石勒面前恭敬行禮，道：「朝中來了使臣，張公說大將軍若能抽身過去，就請您到他帳裡。」

石勒出了大帳，程遐和夔安低語起來，程遐道：「大將軍說你像漢初大將周勃，厚重而少文，早想讓您來陪他聽《漢書》，懂得書裡的一些道理。」

夔安問道：「哦哦，你怎麼說？」

程遐道：「我說以後常叫夔安將軍來陪您。見大將軍答應了，我又說不光夔安，如果別的將軍、部屬都能如大將軍這樣聽《漢書》，進步可就大了。你猜大將軍如何說？」

夔安搖頭，道：「哦哦我，哦我猜不出。」

程遐道：「大將軍笑了笑，說可以來個韓信將兵嘛。」

坐在對面的支雄很開心地笑道：「如此，張公的君子營又得多擴充幾間草屋了。」

眾人都呵呵笑著，石勒自己撩帷進來了，雖然沒了笑聲，但笑顏並沒有盡消，石勒問道：「爾等談論什麼？」

誰也不知當如何回答，都轉眼看徐光，徐光現攛道：「談論大將軍說書裡有些東西，對打仗、立志、修身、治政都有益。」

石勒沒有入座，走到几案跟前略一站，轉過身來，說道：「嗯，是說過。我就是想用書裡的東西來彌補自己的不足。」說到一半嗯了一聲，道：「先不說這些了。方才見了見朝中來的使臣，他把劉曜殿下封了中山王的事又說了一遍，可能以為吾

等這些外征之將還不知道呢。他還說主上命中山王再攻長安，讓我預備一支五千到一萬人的騎兵，配合他出征。」

支雄拱手一參，道：「大將軍差遣裨將去吧。」

石勒兩眼炯炯有神射向支雄。他知道支雄想做什麼，卻裝糊塗，道：「你？你得去攻打廩丘，滅劉演去。」

這話使支雄怔了一下，極不情願地半晌方道：「裨將遵命。」

望見徐光又要往下讀了，石勒擺手制止了他，道：「現在不聽了。你先把書簡收起來，哪天聽哪天讀。」

※

入夜，外面下起了小雨。支雄請來孔萇，剛說到為何自請助劉曜攻長安，就聽見門外有人走動，他大喝一聲，道：「誰在偷聽！」縱身執劍撩帷衝出帳門，見石勒脫下雨笠遞給石會，後面跟來的張賓也正往下脫雨笠，支雄嚇得像死人一般，摺下劍撲通跪到雨地，叩頭不止，道：「不知是大將軍與張公到來，裨將該死，該死。」

石勒前邁腳步，直視下跪的支雄頭碰泥地的樣子，道：「還要叩到幾時，起來。」

支雄道：「裨將粗魯有罪，不……不敢起……」

在帳篷裡的孔萇也趕快出來，向石勒跪下。

張賓把雨笠遞給石會，伸手去扶支雄，道：「明公命你起來，表明不怪你，起來吧。還有孔將軍，你也起來。」

第二十七回　讀漢書將軍憂古人　憐陳休侍兵訴宮醜

　　支雄站起來，謙恭彎腰撩帷將石勒、張賓、石會請進帳裡，又擺正座席，用寬袂拂拂席上的灰塵，請石勒、張賓坐了，石會下垂兩手站在旁邊侍奉。

　　趁著下雨沒人進見說事的這個空子，石勒讓張賓侍陪專門來安慰支雄，他對支雄說道：「我與右侯度你自請助劉曜征長安，恐怕並不單是去陣前效力吧？適才在帳門外也聽到你想藉機除掉中山王殿下的聲音，為什麼要這麼做？」

　　支雄眼望孔萇，本想讓他先為自己敷衍幾句，但孔萇反對他示意，他只好直說了，道：「裨將怕他內藏禍心。劉曜的始安王當得好好的，為何改封中山了呢？」

　　石勒道：「那不是因為長安之敗降為將軍，後來又改封，這有何不可？」

　　支雄道：「此封所隱，不能不讓人生疑。」

　　石勒道：「是你多心了吧？」

　　支雄道：「劉曜從王降為將軍，緣於長安之敗，這順乎情理。可他二攻長安又敗而沒有降，反封了王，這王又王在大將軍您剛剛據有了襄國城之時的襄國轄地中山。這是主上的意圖，還是劉曜的請求，裨將我不知內情，不敢妄言，然裨將以為這明顯是怕大將軍您擁有了燕趙之地，會危及漢家江山，特意在中山安一個王，使中山成為劉曜的藩鎮之所，牽制大將軍您的宏圖大略。」

孔萇道：「從知道了將劉曜改封到中山的消息，支雄和桃豹將軍一直以為將來阻礙大將軍事業者，只恐是劉曜了。從平陽宮廷傳出來的風言風語，劉曜胸存兩個心病：一忌王彌才能，二妒大將軍武略。大將軍殺了王彌，去掉了他的一個心病，留下這一個就害在大將軍身上，支雄和桃豹怕他暗下毒手，已與裨將計劃過好幾回，想尋一個不顯山露水的時機滅了他。」

張賓道：「計劃過好幾回？這計畫也太大了。」

孔萇覷一眼石勒臉色，屈腿跪下，道：「是夠大的。這是支雄、桃豹、張越將軍與裨將的私議，沒敢讓大將軍和張公知道。你們來時，支雄還在說要再次請求去助劉曜出征長安，於中某一次兩軍陣前的混戰，暗裡一箭斃命劉曜，誰能說得清是誰發的這一箭。萬一敗露了，也是一人做事一人當，不牽涉任何人，因此一直迴避大將軍與張公諸人。」

石勒臉一甩，問道：「是這樣嗎，支雄？」

支雄慌神兩手掌心貼地趴下，道：「裨將是想暗暗地把他了結了，可以少一個與大將軍爭天下的對手。」

這讓石勒又激動了起來，說道：「此事該你來謀劃？須得你去做？風聲傳出去，不成了石勒貳心於漢了？不拘主上與劉曜殿下是不是疑我貳心，眼下必得把石勒為漢臣這句話叫得響響的。」

停了少許，石勒讓石會把桃豹、張越傳來，道：「在劉曜這件事情上，還向別的人說過些什麼沒有？」

看了在場人的陣勢，桃豹已知是怎麼回事，回道：「沒有。」

見張越也說沒向任何人說過，石勒道：「沒有就好。」身子稍微斜轉看著桃豹，道：「我知道你主意多，但是對這等事可不敢造次。」

桃豹道：「裨將……裨將記住了。」

石勒站起來抬腳之時，看見張賓也離座準備站起，邊扶了他一把，即轉向支雄、孔萇、桃豹、張越，道：「封劉曜殿下什麼王，不是你我這些人能左右得了的，但我的幕僚私下猜度此封長短，我不能看著一個個以下犯上去送死。以後不可再談論此事，也絕不能去做那種不光明的勾當。匈奴是一個人丁眾多龐雜之族群，朝廷聚集的那些臣僚可不是草昧無能之輩或者宵小之徒，而是有頭腦、有才略的能士。了結了這個，還會有那個頂上來，你了結得完嗎？再說，我看劉曜殿下也不像爭天下之人，即使真到了爭的那一步，自有那時制服他的手段，何須現下莽撞去做那樣的事。」

張賓道：「明公所言甚當。今日北方主敵是劉琨，待取了并州，視情而發。」

石勒臉色有些鬱結不暢，道：「將士中極難辨別誰是誰的耳目，今夜之事一星半點都不准外揚。」轉看張賓，道：「夜深了，右侯，回去吧。」

外邊雨點漸稀，路還溼溼的。石會怕路滑，扶了石勒、張

賓往回走，支雄、桃豹、孔萇、張越秉燭送行。

才過數日，漢帝劉聰又遣使來，詔命石勒進兵并州，以牽制劉琨出兵援長安。

接下詔旨，正是支雄戰敗占據廩丘的劉演，斬殺劉演部將潘良歸來之時，石勒高興地一面表彰支雄的征戰功勞，一面先派出幾千兵馬向并州邊界而去，派在晉陽的偵探稟報回消息，說劉琨把原打算東出進犯常山郡的將士駐留在邊界上，以阻擊石勒兵馬向西延伸。

※

這一年的暑熱退得特別慢，都已初秋季節了，還是熱得人受不了。

中軍大帳裡，石勒坐在案邊，不住地讓侍兵倒換泡在冷水盆裡的擦汗布，捧在手上擦汗，向他稟報西進并州路線的張賓、石虎、張敬、孔萇、支雄、鄭岩等主要戰將，也都熱得滿臉是汗。身形粗壯的夔安用一隻大手掌在臉前搧風，支雄眼望石勒，出手指了指門帷，起身將帷帳撩起。石勒望見帳外的樹葉微微飄動，說了一聲「有風了」，想到外面去乘涼，但這時進來一個人，跪下哭道：「大將軍，你救救少府 [10] 陳公吧。」

前面的支雄移動腳步彎下腰，說道：「這不是小侍兵嘛，你怎麼跑回來了？」

10　屬朝官，三品，職掌國家財貨、山澤之稅。

第二十七回　讀漢書將軍憂古人 憐陳休侍兵訴宮醜

　　當初在茌平城堡兵營，小侍兵十四五歲，在石勒身邊伺候。他很小歿了爹娘，隨流民流落冀魏之地，只記得自己是并州某地人，本名帶個「驢」字，眾人嫌它不中聽，以他年紀小、個子也小而叫成小侍兵了，算是一個虛妄的名字吧。石勒兵敗赤橋西去依附漢王劉淵，小侍兵也到了平陽。石勒秉命東征臨走，小侍兵身染頑疾，把他託給了少府陳休，後來做了陳休的僕童。石勒命支雄扶小侍兵起來，小侍兵不肯，說道：「大將軍，您若不救，他就沒命了。」

　　讓支雄站過一邊，石勒自己出手虛扶一下，道：「你起來，喘口氣慢慢說，陳公出什麼事了？」

　　小侍兵引背一拜站起，悲悲戚戚訴說了事情的原委：陳休看不過中常侍 [11] 王沈一干閹豎專權擅勢，壓制良臣，一個月前的那次朝會後出來大殿，陳休邊下廊階邊對王沈說，事君者不應營私結黨，你們則廣樹黨類，蒙蔽陛下，構害賢明，終要有報。王沈當面沒說話，事後拉了刑部的人跑到寢宮劉聰那裡去彈劾陳休。

　　石勒早聽說朝廷閹人專權惑主，但不知其具體，命小侍兵說詳細一些。小侍兵舔舔乾裂的嘴唇說，有一天漢帝劉聰設朝授他的兒子劉粲為丞相，領大將軍銜、錄尚書事。沒過多久，又詔封劉粲為相國，獨攬漢國權綱。從此，劉聰深居後宮，縱情聲色，不理朝政，還下令從朝臣家中選了一大批美女入宮，先後

11　三品，掌管機密文書及下達詔命等，權力極大。

封了一群貴妃、夫人、昭儀、淑媛、修容、良人、順成等女官。過了半年，中常侍王沈對劉聰說大臣劉殷家有兩女，生得容貌秀麗，溫柔賢淑，何不納進宮來？劉聰笑了笑，隨命劉殷將二女劉娥、劉英送進宮裡，封為左右貴妃，不分朝夕與那些女子廝守在後宮。負責水產供應的左都水使劉攄沒有按時供來魚蟹，職掌營造的將作大匠靳陵延誤了溫明、微光二殿的竣工日期，均被梟首東市。劉聰到汾水觀魚，又徹夜不歸，還殺了一個勸他回宮的內侍。中軍將領王彰，覲見劉聰勸他不可濫刑，劉聰當即下令處斬。幸有王彰之女是宮中嬪妃，出面求情，答應暫不殺他。劉聰之母太后張氏，氣得三天不進食。太宰劉延年率領百官脫了頭冠在光極殿廊階之下跪諫，劉聰才釋放了王彰，重新臨朝理事。後來，太后張氏和王彰相繼過世，皇后張氏也死了，封劉娥為皇后，劉聰下令為新皇后修造一座鳳儀宮，廷尉陳元達入殿諫劉聰說，先帝（劉淵）在世時，身著布衣，後妃不著綺彩，無非出於愛惜民力民財。今陛下承位以來，已築宮殿樓觀幾十座，耗費實屬不少，焉能忍心再大興土木？

此諫擊中了劉聰奢侈浪費的要害，他勃然大怒道：「朕秉籙[12]御天下，乃萬乘之尊，單築一殿，關你何事！」當即命武士將陳元達拿下梟首市曹。

下達此令後，劉聰自往逍遙園去了。

12　符命，帝王自稱所受天命的憑證。

第二十七回　讀漢書將軍憂古人 憐陳休侍兵訴宮醜

　　陳元達在武士沒有到來之前，出了大殿也去了逍遙園，這便有了陳元達鎖腰諫帝王、劉皇后上表救諍臣的故事：陳元達拿了一把鎖鎖在腰上，進了園裡就大呼小叫道：「陛下，臣所言皆為國為民，您反要殺臣，為何？」劉聰聽到陳元達也來到園裡了，大聲追問為什麼還沒有把陳元達梟首？武士們聞言大駭，慌神跪下請罪，侍隨在側的劉粲斷喝說還不快去拘拿陳元達。一干武士執刀拿繩圍上去捉拿，陳元達早把鎖在腰部鎖鏈的另一頭繞在一棵大樹上，眾武士左拉右拽拖不動他，劉聰那邊又一再催促快把陳元達梟首了！陳元達借用這個時間繼續說：「若死者有知，臣要上訴陛下至天庭，下訴陛下到先帝（劉淵）面前。」劉聰越聽越惱，大斥武士無能，連個陳元達也拖不出去，陳元達卻又說：「陛下不用怕，臣之意也不過諫您悛改前非，以應民望。您聽不進去逆耳之言，臣也只有一死。臣死了，與龍逢、比干[13]同游於地下足矣！哈哈哈，足矣！」劉聰受不了如此譏笑，奪出扈躍身旁侍從手裡的劍來殺陳元達。一些大臣勸陳元達住口，他說他舉是實，言之有理，為什麼要住口？這些大臣見勸不動陳元達，去求劉聰寬恕陳元達，劉聰反喝令把講情的大臣統統與陳元達連坐……逍遙園一片喧嘩，驚動了皇后劉娥，她取過簡冊草就一道奏疏，命侍婢送進逍遙園。劉聰看了，寬赦了陳元達，詔令改逍遙園叫納賢園，改後

13　二人夏商時期著名的諍臣。

堂叫愧賢堂。

　　石勒冷冷地說道：「這可真夠滑稽諷刺的了。」

　　張賓笑道：「那使者在等待大將軍回話期間，到我帳裡坐了一下子。聊起此事，他說對陳元達鎖腰說法不一，有說他是怕死才鎖到樹上的；有說他要怕死，不事前逃走或隱匿，為什麼還要追到園裡去進諫？」

　　石勒道：「以右侯聽說，陳元達看似冒死進諫，然這裡面的真真假假恐怕只有陳元達心裡清楚。」

　　帳門外面，一干兵卒撕拽爭搶著什麼，叫嚷嬉笑的聲音干擾到裡面的說話，張賓窺見石勒兩眼直朝外瞟，忙命石會去把那些兵卒趕走，石勒望一眼小侍兵，道：「朝中來的使臣，常說到劉皇后此人。陛下有這樣賢淑皇后陪伴左右，是國家之幸，是朝臣和百姓之福。」

　　小侍兵道：「可是她已不在人世了。」

　　石勒有些驚愕，道：「唉，可惜了，皇后是何這般就走了呀？」

　　小侍兵道：「她救了陳廷尉，過了幾個月得了不治之症。」

　　張賓問道：「現今陛下沒有續封皇后？」

　　小侍兵回道：「封了，有三個。」

　　在座僚佐一聽三個，頃刻吵鬧起來。

　　明顯看出眾人把三后並立譏為怪事，石勒用手勢止住下面

的吵鬧，讓小侍兵說下去。小侍兵也不隱諱，說王沈、宣懷與中宮僕射郭猗三人揣度劉娥死後劉聰內心空虛，讓郭猗把劉聰請到圈有六七個女子的一個屋裡，劉聰看了只是笑，三人就把這些女子通通送進宮裡，並進言劉聰立中護軍靳準長女靳月光為上皇后，劉娥之妹劉英為左皇后，靳月華為右皇后。

廷尉陳元達認為，劉聰經常散出若干臣子為他廣選美女入宮這等路數，乃歷朝帝王貪色之遺風，也不便多加申斥，但三后並立，曠古未有，又入宮勸劉聰收回成命。劉聰對這些女子納也納了，封也封了，這成命如何收得？他聽不進陳元達之諫，反升陳元達為光祿大夫，實是奪了他廷尉的職權。

與王沈、宣懷、郭猗同殿不同系的少府陳休、左衛將軍卜崇等，看出改任陳元達光祿大夫一職，又是王沈諸人諂媚邀寵所為，就猛烈抨擊王沈是害群之馬。旬日之後，王沈即上奏劉聰說前時劉琨部將犯我大於城[14]，是陳休、卜崇幾個人勾結所致。劉聰看了奏表拍案大怒，下令收捕陳休、卜崇和特進[15]綦母達、大司農朱誕及大中大夫公師彧，尚書王琰、田歆等七人，一併監禁待斬。

張賓看石勒，道：「陛下這個武人，成了帝王之後怎麼就變得像個情場浪子了，還聽不進諍諫之臣的忠言規諫。」

14　在今山西文水西南，劉淵築，命其兄劉延年鎮守，匈奴語謂長兄為大於，故名。

15　官爵名，二品，往往為加官，不常設，但地位極高，享受金章紫綬待遇。

石勒道：「他貪戀女色，下頭那些善諛之臣投其所好進奉美女，他又來者不拒，有多少要多少，這怎能不變。」停了一下，石勒搖動著頦下鬚髯，對張賓說：「我估量他要死在喜愛女色這上面了。」

　　張賓微微點了一下頭。

　　石勒轉過臉來，又問小侍兵：「是陳公派你來叫我去救他的？」

　　為難了半天的小侍兵說道：「陳公吩咐小人轉告大將軍萬不可去平陽。他說朝臣中對您的攻擊多於支持，怕有些人使壞。」

　　望見支雄轉向小侍兵要說話了，桃豹邊出手制止了他，邊彎下腰朝小侍兵瞪去，道：「那你是何還讓大將軍去那裡救人？」小侍兵嘴一咧，哭道：「是小人……小人以為陳公他……他不當死呀。」

　　石勒道：「我聽出來了，那時把你撇下，是他為你治病，又養育了你這幾年，想感恩是吧？」

　　小侍兵道：「半年前，陳公讓小人離開他，還以為他多嫌棄小人。後來弄清是怕閹豎讒言加害，連累無辜，屢勸小人不可在他身邊待下去了，小人每次都用搖頭回覆他。那夜，他把小人叫到寢舍，說老朽已是王沈等人箭瞄的靶子，早晚會死在他們手裡。今日事勢已很明晰，石公可不是王浚、劉琨那等非治

第二十七回　讀漢書將軍憂古人　憐陳休侍兵訴宮醜

世之主，石公有沉毅之勇、仁義之德，令諸多豪傑膺服其下，總會有一塊屬於他的地盤的。他拿這些教導之言來說服小人，小人不是不明白，小人只是以為不能在他處境不順之時走開。前兩天，他生氣了，命人把小人打昏捆綁到一匹馬背上，送出上百里的路程，解開繩索，塞給小人一片竹簡，說照主人竹簡上的交代去吧。」

竹簡引起張賓的興趣，因道：「可以把竹簡給張賓看看嗎？」小侍兵眼望石勒，從懷裡摸出竹簡遞給張賓，那上面僅寫了一句話，曰：「你速回到石公兵營裡去。」

※

張賓看出字跡潦草，想見陳休落筆時的憂煩心緒，問小侍兵：「你就這樣來了？」小侍兵哭聲又大了，道：「待小人第二天午後返至都城東門時，城門緊閉，很多兵馬把守嚴禁通行。小人向人打聽，那些人說陳公被囚禁待斬。」

沒見到陳休，小侍兵很有些失落，一直低頭傷心。張賓看他半晌，把竹簡擱到石勒面前的几案上，湊勢彎腰與石勒說了一陣子話，轉回身來，說道：「你莫悲傷太過，張賓與明公說過了，既然回來了，安心侍奉明公好了。石會將軍，你安頓他住的地方。」

石會參禮，道：「是。」

沒待眾僚屬將佐走完，石勒霍地一抬腳踏出帳門，走向一

片樹蔭之下，邊佇望暴晒在熾熱陽光下的兵營帳篷、百姓房舍、路途的行人和慢走的牛車，邊一口接一口地喟嘆。張賓跟了出去，叫道：「明公您……」

石勒微斜了張賓一眼，朝樹蔭濃的地方走去。

在大帳的時候，張賓早看出石勒臉色慍怒，現下又見他緊攢雙眉，勸道：「劈自家的柴火，燒自家的鍋灶，不用管他漢宮那些醜事了，何況我們也管不了。」

石勒說道：「史書上說天授有德，像劉聰這樣德行淺薄之人，也居然秉籙御世享國有年，老天爺不知怎麼摸到他的。」

張賓呵呵乾笑，道：「不是老天爺摸到，是他那時擁有大兵，以勢搶到。」

石勒道：「不拘老天爺摸到還是自己搶到，我當初可沒想到他會弒兄奪國，沒想到他沉迷女色立一大堆皇后，也沒有想到他輕信閹豎動輒殺人，你說像這樣荒淫無道之君，還能撐多久？」

張賓又是一陣呵呵乾笑，道：「張賓不瞞明公，我倒早咒他漢國倒臺得越快越好。」

石勒噓氣道：「右侯，你詛咒得極是。對他的朝政諸事我一概不想過問，他就是把滿朝文武殺光了，都不關我的事。只是陳休確是個非財不取、非善不為的正人君子，沒有他替我照看小侍兵，我哪裡能那麼順當離開平陽將兵東征。這般淳樸厚道

第二十七回　讀漢書將軍憂古人 憐陳休侍兵訴宮醜

做人做事的朝臣，他是不當死，但又不好救他。」

張賓道：「明公之意我懂。要不，先讓人去探聽一下？」石勒想了一下，說道：「去的人必得是平陽那邊誰都不認識的，你選人去吧。」

張賓點頭道：「是。」

去平陽詗伺的王續、傅宣等人，半個月後帶了陳休妻孥回來稟報，說少府陳休七人押進囚室過了四天，劉聰詔令全部斬殺。七人的冤死，招致眾多朝臣義憤。太宰河間王劉易、大將軍渤海王劉敷、西河王劉延年、光祿大夫陳元達等聯名上表彈劾閹豎，表曰：「今我國朝外有強敵，內潛異己，諸事多難。閹人之勢驟盛，暗中結黨助亂，構害忠賢，臣等恐遂成國之大患，雖救之猶恐不及矣！請罷黜王沈等官職，交刑部徹查治罪，以靖社稷。」

※

劉聰在上秋閣接到奏表，反遞給陪他信步閒遊的王沈等人閱看，笑嘻嘻地說道：「群兒為元達所引，近乎成痴。」

隨後，劉聰問相國劉粲，王沈、宣懷、郭猗為人到底怎樣。劉粲稱三人皆忠正之士，劉聰聽罷大悅，封王沈等人為列侯。太宰河間王劉易再次上表極諫，劉聰說一聲「一派胡言」，把劉易所上奏表擱置一邊了事。

劉易由此抱恨而卒。

光祿大夫陳元達，素來以劉易為援，得以據理屢諫漢帝劉聰。今劉易一死，他沒了知音，跪倒在劉易靈柩前大哭一場，道：「君去我孤，今既不復能言，留此餘生還有何益！」

　　陳元達哭罷，回到自己庭屋拔劍自刎。

　　諍臣從先秦以來歷代王朝都有，生性剛直敢言的陳元達是漢國亢言極諫者之一。他想以命祭諫的悲壯之死來改變這個王朝的歷史，結果什麼也沒有改變了，漢帝劉聰願貪戀女色就貪戀女色，想殺諍臣就殺諍臣，諸事依然。

第二十七回　讀漢書將軍憂古人 憐陳休侍兵訴宮醜

第二十八回

大司馬征西圍長安 小皇帝出降口衛璧

第二十八回　大司馬征西圍長安 小皇帝出降口銜璧

漢帝劉聰在光極殿召集的早朝不到半個時辰就散了。中山王劉曜走出殿門，又返進殿來趨至劉聰案前跪下參拜，正和相國劉粲、將軍劉雅談論事情的劉聰，停了說話賜劉曜平身，又伸手示坐。劉曜沒有坐，雙手捧出一卷簡冊遞給內侍呈上去，劉聰展到几案看了一眼，道：「又是司馬鄴的詔令。」

把這簡冊往案頭推的時候，劉曜道：「請陛下再往下看。」

劉聰唰啦唰啦翻看一下，哈哈大笑道：「司馬家這個小兒可真敢說大話，他剛承祚的建興元年（西元三一三年）五月，發給各藩鎮吏員的詔書說幽州、并州出兵三十萬攻平陽，右丞相南陽王司馬保起兵三十萬守長安，左丞相琅琊王司馬睿出兵三十萬進取洛陽，以掃除鯨鯢[01]奉迎梓宮[02]。哼，三個三十萬併起來合九十萬。當時朕就說司馬鄴威權不重面子小，驚不動那幾方大吏，他若真能一下起兵九十萬，朕這便遜位。結果呢，連九萬兵馬也沒有徵集來。現在他又逞口舌之能，召來尚書省的人擬了幾份詔旨，遣使持詔命右丞相南陽王司馬保為大都督，督陝西諸軍事；左丞相琅琊王司馬睿為大都督，督陝南諸軍事；差遣大臣趙廉持詔拜劉琨為司空，都督並、冀、幽三州諸軍事，加封鮮卑拓跋氏首領猗盧為代王，命這三方火速出兵援救朝不保夕的長安。中山王，你以為這回三方能聽他調遣出兵嗎？」

01　指匈奴建立的漢國。

02　指晉懷帝司馬熾的棺柩。

儘管知道沒有一方願拿出兵力去為司馬鄴多難的江山排憂解難，但已被處死的永嘉皇帝司馬熾這個小小年紀的兒子司馬鄴，國破家亡的亂世之下隻身逃奔中，不僅有人收留保護他，居然還登上皇位，那麼一大幫有才能的文武僚佐，沒人推翻他取而代之，還誠心扶之，乖乖地遵從他的統御，真有點神奇，於是劉曜說道：「司馬鄴小兒是過誇張，然也怕重封之下偶出勇者，還是趁他的兩個輔弼之臣（索綝、麴允）智不足以御眾、才不足以保邦的弱勢之時，早點出兵剪滅了這個小朝廷的好。」

　　劉聰道：「中山王又想西征？」

　　劉曜臉露笑意，道：「臣是有此意，不知陛下可否俞允？」

　　劉聰僵板板地直對劉曜，道：「是有此意，你還嫌將士們死得不夠嗎，非把朕的那點老本賠光了才甘心？攻長安，長安敗；打晉陽，晉陽敗，你說你這幾年都做了些什麼？你太讓朕失望了。」

　　劉曜又屈膝跪下，道：「陛下詰責的是。臣這幾年沒為陛下開疆拓土，還送了那麼多將士的性命，臣深感有負皇恩。」

　　相國劉粲看了看劉曜，向劉聰行禮，道：「父皇，以兒臣素來對中山王的揣摩，他沒有謀劃出勝敵之策，不會自請西出，你允他將兵去吧。」

　　劉聰越是生氣了，道：「你還有臉幫他請纓，長安之敗沒有你的份，晉陽之敗沒有你的份？你給朕閉嘴。」

第二十八回　大司馬征西圍長安 小皇帝出降口銜璧

劉聰大加責讓，劉粲也跪下謝罪，才說一聲「兒臣領受責罰」，劉聰呼的一聲站起，道：「此征待朕思慮之後定，都退下。」

窘迫得難抬頭的劉曜，起來朝劉聰行了一禮，惶惶倒退幾步轉身出了殿門，回到自己的廨庭，朝案後坐了，想著每次攻長安都損兵折將敗回平陽的事 —— 晉朝腹地京師洛陽失陷之後，劉粲、劉曜從洛陽西出直擊關中，一舉而下長安，斬晉朝南陽王司馬模於上邽[03]。數日後，關中未失陷的晉安定郡太守賈疋、馮翊郡太守索綝和他的護軍麴允諸人，一面說著匡扶社稷的重任已經落到吾輩身上，一面盡散家財募得義兵五萬圍攻進入長安的漢軍，雍州刺史也率兵十萬與擁戴司馬鄴從密縣過來的臣僚荀藩、閻鼎部眾，合力共討劉粲、劉曜，兩人於永嘉六年（西元三一二年）敗退回平陽。劉曜正往二攻長安又沒取勝的原因上想，看見門帷掀動了一下，守門侍衛彎腰向裡稟告說安西將軍求見殿下，就領了人進來。安西將軍劉雅，眼望案後的劉曜，彬彬有禮躬身俯首，道：「殿下，臣……」

劉曜頭都不想抬，道：「是他（劉粲）吩咐你來的？」

劉雅道：「是裨將想來看殿下，不用誰吩咐。」

劉曜噓一口氣，抬頭看劉雅，道：「主上沒有屈枉本王，都怨本王臨陣失算。」

03　秦改邽縣置郡，其地在今甘肅天水西南。

劉雅道：「殿下不必過多自責，麴允就那麼一點兵馬，吾等將士若都忘我前衝拚死一搏，也不見得又敗給他。再者，一個部族或一部分人的征服奴役，和奴役征服另一個部族或另一部分人，從來都不是那麼簡單容易的。因為他自以為有些事很了解對方，其實與自己知道的相比，不知道的仍舊很多，這樣打起仗來就有可能失利。」

循著劉雅的話意往下想，才又喚起了劉曜的記憶，他感慨道：「本王倒忘了，第二回出征長安你也去了。」

劉雅點了點頭，道：「是主上命你點的將。」

劉曜道：「是是是，本王與河內王殿下從晉陽敗回休整之間，有人送來一卷密簡，本王拿了它覲見主上，說道：『臣近日得一來簡，晉蒲阪太守趙染願降我共伐長安，不知陛下以為可否？』主上微笑道：『趙染來降是好事，朕署他平西將軍，歸你麾下，別的兵馬你自己點將出征去吧。』本王點了你和喬將軍諸人，以趙染為前鋒都督，渭陽一戰晉將麴允大敗，趙都督一把火燒掉龍尾兵營後，前哨騎兵一直進至長安城下，陣前探馬奔來報說，嚇得那個小皇帝跑到射雁樓去躲藏。可是麴允很快反撲過來，冠軍將軍喬智明戰死，又一回敗績撤出關中，屯紮懷縣。」

劉雅道：「殿下哪裡知道，那一回的敗是喬將軍兵營的部將見喬將軍戰死，將士們互相喊叫說敵兵攻勢太猛，當趕快轉回

小土丘後面，從那裡繞出去擊彼後尾，別的兵馬誤以為他們敗退了，嘩地一下朝後撤，麴允的兵順勢壓過來，我軍大敗。」

劉曜嘆息著端起早已放在案面的陶碗喝了一口冷湯。

劉雅叫道：「殿下，那湯不能再喝。」

劉曜道：「後來本王受命再攻長安，趙染將軍從蒲阪復出直插北地郡，司馬鄴命麴允率軍抵禦，一箭射死趙染，又殺死將軍殷凱，我兵勢不振，徐緩後退稽留關中東緣。」

接下來的事情，不斷有偵探把司馬鄴那邊的消息報給漢廷劉聰、劉曜，說司馬鄴提醒他的臣下：漢軍的稽留不動，預示著長驅大進，再次遣使催促東、西、北三方發兵援長安，最盼望琅琊王司馬睿兵寇洛陽，攻擊稽留不退的漢軍尾部，可謂上策。司馬鄴還欽遣殿中都尉劉蜀持詔赴建康徵調，司馬睿以江南不靖不敢抽兵西援為由拒絕。時為軍諮祭酒的壯士祖逖，親自進見司馬睿請求北伐。司馬睿怕朝野交謫他坐視長安之敗，署祖逖為奮威將軍、豫州刺史，但只配給他千人糧草、三千匹布，不撥給兵員、鎧仗，命祖逖自行招募兵馬，籌措兵器，出征北伐。

祖逖謝過司馬睿，帶領族人北渡長江進至淮河流域，募兵兩千，冶鐵自鑄兵刃，襲擊漢軍，石勒忙派兵禦戰。

祖逖壯志可嘉，但兩千兵卒之於救長安實在是杯水車薪。晉愍帝司馬鄴失望之下，又想到他的檄文到達北、西兩面，會

不會也像江東那樣坐視不救呢？又以為并州劉琨忠實有餘，不會不來。不是說前兩個月就派遣過一支五百人的騎兵，在中原打敗過劉曜的漢軍嗎？雖因道途受阻沒能直達長安，但表明劉琨不忘國難，時刻盡著人臣之責。

這一判斷沒有錯，不久便有了來自劉琨的消息。遠在晉陽的劉琨，計畫遣使再借拓跋猗盧精騎快速馳援長安，偵探忽來急報，說近來石勒的兵馬調動頻繁，這便停了借兵西援，謹擬一道奏表差使赴長安呈給司馬鄴，說石勒所據襄國城，與并州僅一山之隔，他的騎兵今已危及樂平，時下無力西援，望司馬鄴體諒。

看罷，司馬鄴撫表而泣。侍立身側的索綝，冒死彎腰伸頭看了一眼表文大意，俯首道：「陛下，憑劉公之實，只能這樣。」

司馬鄴手抹眼淚，微點了一下頭。

現在只留下西邊了。司馬鄴天天登上城牆西望，翹首以盼南陽王司馬保前來保駕。盼來盼去，沒有盼來司馬保，倒盼來了涼州刺史張寔的五千援軍，還帶來進貢朝廷的錢、帛、粗布和糧食。

涼州援軍之來，司馬鄴大喜，當殿降旨拜張寔督陝西諸軍事。

※

第二十八回　大司馬征西圍長安 小皇帝出降口銜璧

劉雅辭別劉曜出了門走了不遠，內侍傳旨宣劉曜上殿見駕。那內侍領了劉曜進來殿門，劉曜亦步亦趨到了殿心，一提衣襟跪下，道：「臣劉曜拜見陛下。」

漢帝劉聰伸手虛扶，道：「中山王快快請起。」他命內侍侍奉劉曜坐下以後，微微笑著又伸了一下手，道：「朕徵詢了幾位宰輔之見，以為司馬鄴小兒之朝是當剷除，今准你所奏再攻長安，可到校場帶騎兵、徒卒七萬，十日內起程。」

忽見劉曜仰頭上看，劉聰馬上又說：「知會石勒出兵牽制劉琨西援長安的事，朕已有安排，你可以放心。」

劉曜拜命道：「臣領旨。」

建興四年（西元三一六年）七月末，漢中山王劉曜領兵西發，晉朝都城長安告急──潛在漢都平陽的探馬奔回長安，邊下馬高喊一聲「報」，闖進殿門跪倒在地，道：「奏稟陛下，賊劉聰遣中山王劉曜帶七萬兵馬來犯長安，石勒出兵并州，此舉大有全面略取我北方疆土之勢，請陛下定奪。」他隨即取出一卷奏表呈遞上去。

軍牒乍來，讓本來就提著一顆惶恐不安的心過日子的司馬鄴，霎時驚怔在几案之後。在殿的麴允看出他眼睛都發滯了，忙行禮叫了一聲「陛下」，司馬鄴慢慢伸了伸顫抖的手辭去偵探，道：「彼大軍壓境，我南陽王違令不動，這讓朕從何徵兵禦敵？」

在殿臣僚，一個個低頭啞然沒人應答。

司馬鄴應對戰事迫在眉睫。他只好命麴允為大都督，率領

主力兵馬出周邊抗擊漢軍，又任索綝為內線大都督，領城防和宮廷諸軍事，戮力國難，共保晉室。

中山王劉曜過了潼關踏上關中地面，探知晉大都督麴允揮師沿太華山北側朝華陰方面趕來，即讓前鋒往偏北一轉直奔馮翊，馮翊太守梁肅棄城逃奔萬年縣，劉曜拱手而得馮翊。

進入九月末，天氣由涼轉寒，風霜南掠，草木漸枯凋落。劉曜的戰馬踏著土灰雜落葉的淒涼土路督兵再攻北地[04]，司馬鄴聞報，命大都督麴允往救。麴允兵至靈武縣城就膽怯起來，下令將三萬大軍駐紮，自己回返長安見索綝商量半天，上表稱漢軍勢大，乞請增兵。

司馬鄴使內侍傳旨索綝從守城禁兵中抽出五千人增援，但那內侍剛邁出殿門又被召回，改為派遣大臣劉蜀持詔向南陽王徵兵。南陽王司馬保胖大，傳說體重八百斤。他好吃懶做，倒還想稱尊當皇帝。劉蜀來到大帳進見的時候，他接過詔書略看幾眼，道：「請劉公先回去回覆陛下，我的兵馬不日便到。」

劉蜀一走，司馬保馬上讓侍兵服侍他躺到臥榻，道：「本王才不願拿自己的將士去為別人守衛疆土呢。」

久等不見司馬保領兵前來守衛長安，麴允又上一表，勸司馬鄴遷都秦州，依靠司馬保。司馬鄴看了看，把奏表朝索綝手上一遞，躊躇著問道：「大都督你看此議如何？」

04　東漢末置北地郡，在今陝西銅川耀州區東。

第二十八回　大司馬征西圍長安 小皇帝出降口衛璧

　　索綝早為此表之意捏著一把冷汗，只怕司馬鄴一言拍定「就依此議」，慌忙跪下，奏道：「臣說一句不該臣說的話，南陽王殿下據秦、雍、涼、梁四州之地，擁兵十餘萬，他若挾陛下之威，以逞其私，那時陛下會處於何等地位？以臣愚見，不如不去。」

　　司馬鄴隱隱有一種感覺，未來屬於他的結局不可能是去秦州，停了半天，說道：「嗯，不去就不去。」

　　靠司馬保事危，不靠司馬保事亦危。麴允還在前後盤算，朝廷催促速救北地的詔旨又到，他不敢拖延，眼瞟落葉飄零，頭腦裡當下現出一個王朝的衰亡難救景象，悲戚地喟嘆著「唉，完了」，忽忽來到陣前，督兵前行，遙見北地郡的上空煙起蔽天，心頭又起疑雲，命侍衛趕往前哨看一下出了什麼事。遂見一群難民迎面逃來，麴允勒住坐騎欠身一拱，打聽北地情形。難民驚慌回道：「漢軍破北地城池，放火燒……」

　　這些人已是慌促走過，「燒」字後面的話雖然被西北刮來的帶有煙氣的風吹斷了，眾將士還是完全明白是怎麼回事了，不等下達是進是退的將令，駭然散去近半。麴允也似乎相信北地已失，調轉馬頭回走。

　　其時北地並未陷落。那北地上空的蔽天煙塵，原是漢軍惑敵一計。那天大軍臨近北地城不遠，偵探從背後趕來稟報說晉大都督麴允驅兵來救北地。劉曜在馬上游動目光遍視可以伏擊援軍的地形，看到遍野枯萎蒿草、荊棘落葉，就傳來一名部

將，道：「你速傳令將士點火，燒！」

這名部將遵命帶領他所統屬的千餘兵卒，燒起上百處大火，濃煙滾滾，直衝九霄。

兵馬都罩在煙塵之中，不少人嗆得直咳嗽。劉曜下來馬，面對一團團上升的濃煙哈哈大笑了一陣，聚來一些將士指指畫畫安頓過後，放他們朝後返去，麴允見到的難民，正是劉曜惑敵的第二計。麴允不辨真偽，惶急往磻石谷撤退，途中被劉曜的騎兵追殺大敗，竄回長安。

漢軍兵進北地，擊斬北地郡太守麴昌，順勢攻克涇陽，渭水之北諸城及士族大戶塢堡，望風悉潰，地盤皆被劉曜占領。

劉曜此刻屯紮兵馬稍息，命人擬表報捷朝廷。僅過旬日，便有劉聰敕使到來，敕命劉曜為大司馬，內外諸軍兵馬皆可提調。劉曜在帳裡小宴慶賀一番，即離開將士們為他支起不到一天的帳篷，來到池陽 05 地界紮下大營，距長安僅數十里之遙。

渭北重城北地失守，漢大軍長驅直進逼近長安，晉廷君臣震恐，朝使迭發，四處求援，連日不見有兵到來。大都督麴允趁司馬鄴召集朝臣殿議如何征得援兵時，出班奏請司馬鄴允他帶領守城禁兵出去背水一戰，如不勝，願與將士同死社稷，以報天下。

索綝一思考，暗想麴允若把禁兵帶走，城裡不更空虛了？不行，不能讓他出城，忙躐步向前俯下，道：「陛下，這怕不

05　俗名迎冬城，西漢置縣，治所在今陝西池陽西北。

可以吧。」司馬鄴轉眼看他，他又奏道：「今強寇圍城，將士惶恐，無力還手，只宜固守視隙而出，幸或能勝一陣，守城士氣有可能會旺盛一些。」

司馬鄴也有自己的想法，他擔心萬一被漢軍打散或死傷大半，連上城守衛的人都沒有了，說道：「漢賊劉曜攻北地至今，又過了數月，他的餉秣不會維持太久。數日前，探馬稟報平陽漢宮一有閹豎專權，良臣無法正常理事，誰為劉曜遠征這裡的師旅衣食謀慮；二有災荒遍地，流民餓殍甚眾，石勒遣將招納流民，歸者二十萬戶……這樣算來，誰為他貢糧，誰又往陣前運送？以朕之見，賊劉曜軍心不可能穩固。不穩固，便得撤。要撤，也就在這幾日。這幾日不撤，留給我朝的日子就不多了。」

索綝道：「陛下度劉曜撐不了多久？」

司馬鄴道：「是撐不了多久，朕意再看他十日八日。」

索綝轉身看麴允，道：「麴公，按陛下之意，再看看吧。」

麴允低著頭，只嘆了一口氣。

其實晉愍帝司馬鄴也只是挑出偵探所報平陽漢廷的壞消息來穩定朝臣的，內心的焦慮比哪個臣宰都重。僅過三天，他倒帶了內侍登上城牆去眺望有無援兵到來。

時日來到孟冬十月末。

這天晡食之時，殿庭侍衛急來向麴允稟報，道：「稟大都督，不知陛下何處去了。」

麴允道：「啊，也不在後宮？」

侍衛道：「妃嬪、媵嬙的宮掖尋遍了，僅留下御園沒有去。」

麴允道：「陛下此時哪有心思去園裡。」皺眉想了片刻，急轉向侍衛，道：「這幾日陛下常往哪裡去？」

侍衛眼睛閃動一下，道：「城牆，是不是又去了西城牆？」

侍衛連禮都沒行，拔腿向西跑去，麴允慌得緊隨其後跟來。城牆上的牲油鼎已經點燃，火苗直向偏東一側傾斜。那侍衛直跑到西城門頂端箭樓旁的垛堞根，看見了司馬鄴。他身上披著內侍的大袖衫，內侍只留一襲貼身褻衣，瑟縮在傍晚西風吹拂下，兩手抱摟在胸前陪侍在司馬鄴旁邊。

侍衛看了看越來越模糊的城外，施禮道：「陛下，天黑了，這裡冷，回去吧。」

司馬鄴站在城牆上，裋氣漫來風侵身，苦站城頭望南陽。但是此刻的南陽王司馬保還沒有想清楚如果長安陷落，劉曜的下一個征伐目標漸次落到他頭上的戰局走向，不願拿出兵力去救這個朝不保夕的小朝廷，司馬鄴只是極其傷感地邊搖頭喟然而嘆，沒有動。

麴允趕上箭樓來，罄折道：「陛下，回去吧。」

司馬鄴半晌方道：「等等。」

看出司馬鄴沒有回宮的意思，麴允拉一把內侍和侍衛，都

跪求道：「陛下，眾僚佐都候在大殿等您定奪退敵之計，還是回去吧。」

司馬鄴似乎大不相信他的徵兵詔令沒有一點威力，臉也不扭，道：「敵兵勢大，不來援兵如何退得！哎，來了來了，大都督你朝那邊看，右丞相高張麾蓋騎在馬上，領了浩蕩大軍來救朕了。」

麴允站起來，靠近垛堞伸頭望一眼鼎火照射的城外狂風掀土灰游動的漫漶路面，道：「陛下，那些人是趁黑入城的百姓。」

司馬鄴顧視麴允，道：「等等，再等等，右丞相的兵馬不會不來。」

天快半夜了，索綝領了一干臣僚也來跪求司馬鄴回宮，司馬鄴還是不回。是時，強風剎那間朝城牆箭樓一撞折向兩邊，把相鄰的牲油鼎火吹滅了，西城牆一線黑下來，麴允扶了一下內侍的手臂，那內侍略點一下頭，邊朝司馬鄴說「明日臣侍奉陛下再來」，攙了他的右臂走下城牆⋯⋯

並非沒有南陽王司馬保的一兵一卒來救長安。司馬保猶豫了一段日子以後，見晉朝的散騎常侍華輯與安定、新平、弘農、上洛等四郡太守領兵欲救長安，將軍焦嵩也募兵來會，同至灞上 [06]，他才聚集眾議向長安出兵，一些部將依然堅持「今敵

06　即霸上，在今陝西西安東北白鹿原北。

寇方盛，宜斷隴道[07]以觀其變」。從事中郎裴詵，聽出眾人意在截斷隴道以隔絕關中，坐觀長安傾覆，說道：「今蛇已咬住了人頭，還能把脖頸割斷嗎？」

坐鎮秦州的右丞相司馬保，聽罷裴詵的話攢眉想著此際長安受困已久危難日甚的情形，差遣鎮軍將軍胡崧為前鋒都督，率兩萬兵馬來援，進至長安城西四十里的靈臺[08]遇到了漢軍。胡崧頗有膽力，出馬陣前單搦劉曜。劉曜沒有應戰，派出幾位部將都被胡崧打敗，胡崧趁勢殺入漢兵幾座營壘，小勝劉曜，但臨危受命打了勝仗的胡崧，見朝廷不來犒師不說，連問都沒人問，竟氣哼哼地引兵退還渭北。

探馬探明胡崧退去了，劉曜驅兵攻至長安城下，很快突破外城，索綝、麴允領兵退守小城，內外隔絕。

城內饑甚，斗米值金二兩，百姓、將士或餓死，或逃亡，唯涼州義兵千人堅守在小城城牆上。

宮廷裡同樣沒有吃的，晉愍帝司馬鄴餓得神情恍惚難以登殿設朝議事。麴允命自己的侍衛去宮中儲糧屋裡搜尋，找來幾團製酒的酒麴，舂碎煮粥獻給司馬鄴。如此過了四五日，連酒麴也吃光了。城內的君臣士卒百姓，都已本命不保了，天空又雨雪霏霏乍來，人人飢寒交迫，在死亡線上掙扎。

07　指近五百里長的六盤山，它的南端延至陝西境內的部分稱隴山，是秦州通往關中的隘塞之地。

08　西周文王修築，在今陝西西安長安區西南。

第二十八回 大司馬征西圍長安 小皇帝出降口衛璧

晉愍帝司馬鄴王朝的覆沒已無法挽回，他那顆等待援兵救長安的熱乎乎的心也冷卻了下來，眼淚不乾地站在殿門口，看著那些來往走動的腳步，心裡想著，朕該走哪一步？

他返回殿內，乾坐了許久，於建興四年（西元三一六年）十一月中旬，在寢宮召見重臣索綝、麴允等一干文武，說道：「今困厄之狀，酷似先帝受難洛陽臨近城破之時那樣——外無援兵，內無糧草，不是被俘，便是餓死。眾卿若無補救良策，朕當忍辱出降，以活百姓。」

麴允腿一軟，撲通跪下，道：「不能，不能降呀陛下。」

司馬鄴道：「以朕看，此為上天前定，沒有不能。」

班列麴允身前的索綝，也撲通跪地，道：「泱泱大國之主而降胡賊，實乃有失體面，可是除此別無選擇。」

門外突然吵嚷起來，是一位偏將撥開阻擋的殿門衛士硬往裡闖，說道：「賊兵攻城甚急，小城怕是守不住了，陛下您還是快點換一身百姓破衣出城逃命去吧。」

索綝藉故支走這位偏將，司馬鄴半爬在案面上一聲聲嘆息。

司馬鄴命內侍扶起麴允，讓他傳來侍中宗敞，道：「擬表，降。」

侍中宗敞驚愕的兩眼望向麴允，麴允不便明言，只向地下指了指，宗敞撲通跪地叫了一聲「陛下」，看見司馬鄴背過臉擦

淚，他趕緊把嘴捂了一下，要說的話沒有出口，眼含淚水遲疑地望著麴允，麴允低頭不語，他只好讓內侍取來筆墨簡冊，跪爬在地一邊哽咽一邊草擬成文，雙手捧起，道：「陛下，臣草擬成了，請您過目。」

內侍看一眼司馬鄴，從宗敞手裡接過草擬的降表呈上御案，司馬鄴閱後，命宗敞連夜送給漢大司馬劉曜。

宗敞攜降表出了後宮，碰到了大都督、驃騎大將軍索綝。索綝暗將宗敞扣留，密遣自己的兒子去漢軍兵營拜見劉曜，自報過姓名門閥，道：「今長安城內糧草足可支一年，急切不易攻克。若可許索綝為車騎將軍、封萬戶郡公者，索綝願縛帝獻城。」

在帳篷裡欣賞俏麗歌伎表演的劉曜，喝退歌伎後站起，斥道：「本大司馬將兵十五年，每戰都是待至敵方兵窮勢竭無力還手而後取之。今索綝之子所言長安城內糧草充足，卻又不準備固守，讓本大司馬許諾封他父的官爵，便挾帝獻城，如此不講忠義之人，分明是晉廷罪臣。天下無論哪個朝代，對這等不忠於國的佞臣，人人得誅。」話說到這裡，離座抬腳向案前大邁一步，揮手命左右將索綝之子推出大帳，梟首徇眾，把首級送入小城，索綝抱住兒子的頭痛哭，險些氣絕謝世。

弄巧成拙，索綝悲悔移時，總以為還得保全性命，傳來宗敞讓他速去漢營，將降表面呈劉曜，劉曜收閱畫諾，道：「准降。」

第二十八回　大司馬征西圍長安 小皇帝出降口銜璧

　　一國帝王晉愍帝司馬鄴的出降，依古禮而行 —— 坐羊車[09]、口銜璧[10]、肉袒[11]、面縛[12]、輿梓[13]。羊車拉了司馬鄴前走，車駕後面滿朝文武哭號送行。

　　到了這一步，司馬鄴又留戀忠於他的臣民，又沒辦法不降，低下頭悲泣著一直走到漢軍營門外，下來車拜謁在劉曜的馬前。

　　漢大司馬劉曜睥視伏道來降的晉愍帝司馬鄴君臣，下馬扶起司馬鄴眾人，命左右焚梓受璧，原諒其死，接受他的權力。次日，差遣將軍李益送晉愍帝司馬鄴等人到漢都平陽。

　　漢帝劉聰身臨光極殿，被帶進殿堂的司馬鄴叩拜於陛階之下，劉聰眼望司馬鄴，道：「如果你能寫一手諭勸劉琨來降，朕可從寬發落你和你的臣僚。」

　　司馬鄴冷笑一聲，道：「我不需要拿一手諭換取寬宥。」

　　劉聰大袂朝外猛一甩，喝道：「押下去！」

　　事隔兩日，漢帝劉聰設早朝署司馬鄴為光祿大夫，封懷安侯；晉升劉曜為太宰，假黃鉞，改封秦王，督陝西諸軍事。

　　戰亂多事的西晉王朝，傳武、惠、懷、愍四帝五十二年滅亡。

09　以示自己已是平民百姓，坐最低等級的乘輿。
10　表示預備交出權力。
11　上身裸露，意為真心降漢。
12　反手捆綁。
13　用車拉一口空棺柩，做死的準備。

第二十九回

帥智將勇石勒定并州 兵去身孤劉琨亡薊北

第二十九回　帥智將勇石勒定并州　兵去身孤劉琨亡薊北

　　讓司馬鄴寫一手書勸劉琨來降，是劉聰要消除北面之患的已有想法。事實上，不論司馬鄴寫與不寫什麼勸降書，石勒早做好了武力征服并州的全盤謀劃，只是劉琨還不知曉。劉琨所刺探到的，一是漢軍實力盡在石勒、劉曜手裡，兩人都在外線作戰，平陽虛弱；二是漢廷閹豎當道，淆亂朝野，導致人心渙散。他從這些徵象中嗅到一點平陽可伐的氣味，差遣主簿為使北去盛樂[01]，請代王拓跋猗廬出兵助他南攻漢國都城平陽。可是，那主簿很快返回來向劉琨覆命，揖禮道：「稟將軍，代王不肯出兵。」

　　劉琨看著他，道：「是不是你言辭不恭，惹他了？」

　　主簿跪下，道：「我哪裡敢不恭，是他不答應此請。」

　　劉琨忙招手，道：「起來說，不是你惹了他，那是何不願出兵？他可是沒有一回讓我的使臣空手而歸的，這一回就不行了？噢，知道了，他封了王，傲矜起來了，連我這個故交都不認了。」

　　主簿說道：「我看他一臉愁苦，沒有半點高傲跡象。」

　　劉琨道：「他對我說過，權力都在他和長子六修手裡，軍政吏治一切順當，會有什麼事能難住他呢？」

　　主簿道：「恰因為六修有了與他同樣的權力，很快變得專橫跋扈，要建國本做儲貳，他才不敢遠離。後來，我搬了少將軍

01　古址在今內蒙古和林格爾縣西北土城子鄉古城。

124

（劉琨長子劉遵）去，他勉強說你且回去讓劉公先籌劃預備兵馬，待本王這裡稍靖下來，即率兩萬騎兵過去。」

劉琨欠一下身子，道：「要這麼說，也許是實情。我把遵兒放在他那裡做人質為什麼？不就是緊要三關拉他一點援兵。再說，他也是要練他的兵，揚他的威的。等幾天吧，這個面子他還是會給的。」

劉琨按主簿回過來的話做準備，先是召回據守上黨的張倚將軍操練兵馬，又差人刺探劉曜西征關中和石勒在襄國城的動向。這天已經忙到臨近宵時了，劉琨帶了侍衛和楊橋將軍去南城查看城門守備，聽見外面有人緊促叩門，把守城門的將軍參禮，問道：「開不開？」

劉琨一仰臉，道：「開。」

叩門人進了城門，跳下馬跪倒在地。劉琨看清是他派在關中的偵探，問道：「快說，那邊是何戰情？」

偵探道：「漢軍圍困長安多日，聖上不得已出城投降了劉曜。」

停了大半天，劉琨才哀嘆出聲來，道：「唉，關中那麼多兵馬沒有救下一個長安。」轉動一下發呆的臉又問偵探：「劉曜今在何處？」

偵探道：「他將兵出長安攻略南陽王守土之地。」

劉琨又灰心又著急，返回廨庭召來長史李弘一干幕僚，道：

第二十九回　帥智將勇石勒定并州 兵去身孤劉琨亡薊北

「幽冀二州已被石勒占去，如果再讓劉曜占據了秦雍之地，我朝就更沒有希望了。不行，我并州得救救南陽王。」當即提出分兵東擾襄國城以拖住石勒不便抽兵西助劉曜，南攻平陽使劉曜回兵來救，以解南陽王之困。幾位部將都說將軍的計是好計，只是攻平陽徒增傷亡，出奇兵又力不足，若是再有一兩萬之眾，從平陽北界佯攻，東界偷襲，興許占些便宜。

劉琨道：「己兵雖弱，外兵又借不來，但我劉琨也不能坐視南陽王敗亡吧？」

救南陽王這種事，要是逢上別人，麾下那點兵馬連自己都顧不住，哪能顧得了他人，可劉琨就不同，他把救南陽王看成救國朝，使它從死亡的軀殼裡還魂回來，所以他徵求長史李弘的意見，道：「你說，可拿多少兵力南伐平陽？」

李弘道：「我不反對出兵平陽，但只問將軍一句，派兵南去，東邊的石勒要趁隙西來，誰來抵擋？」

劉琨愁緒驟現，嘆息道：「那我……」

忽然，門外有人喊道：「少將軍回來了。」

隨了這聲喊叫，看見守衛廨庭大門的小校跑進來，劉琨沒有管是不是還在等候他說話的李弘、張倚、楊橋眾人，霍地站起來，問道：「是何這般慌張？」

小校俯首參禮，道：「少將軍從代國回來了。隨他來的，還有一干將弁和很多兵馬。」

這使劉琨驚詫起來，道：「你說遵兒？出了什麼事，備馬！」

李弘、張倚、楊橋護隨劉琨騎馬出了城門，劉遵領了晉左將軍衛雄、信義將軍箕澹迎面來見。

衛雄和箕澹是晉朝屯駐塞外的戍邊將領，長期倚靠北方鮮卑拓跋部代國國王猗盧生活在平城[02]一帶。劉琨與衛、箕兩位將軍之前多次晤面，但那只是禮儀上的迎來送往，這一回卻大不一樣。雙方敘禮畢，劉琨將兩人請到廨庭款待。

酒宴間，劉琨問兒子劉遵：「代王允你回來？」

劉遵看一眼衛、箕二將，道：「他死了。」

劉琨驚道：「不是說助我來攻平陽，怎麼死了呢？」

衛雄道：「為爭儲貳，六修把他殺了。」

箕澹道：「爭權奪位到了那一步，已經不講什麼父子人倫了。代王猗盧幼子拓跋比延，是他寵幸的愛妃所出。應她之求，代王許諾立比延為嗣，屢命長子拓跋六修以臣下之禮跪拜拓跋比延。六修不承認比延為王位繼承人之實，說立儲一為國家永續，二遵祖制，怎可捨長立幼呢？猗盧聽不進六修的直言極諫，導致父子之間一場縱兵混戰，血染猗盧。猗盧之弟拓跋普根，一怒之下又殺了六修，六修親族群起反擊普根，攻伐不斷，亂得很。我和信義將軍見戰亂一時難平，當即與少將軍商議，率部分中原士人及鮮卑三萬餘戶、牛馬羊十萬餘，倉促南來。」

---

02 在今山西大同東北八里古城。

第二十九回　帥智將勇石勒定并州 兵去身孤劉琨亡薊北

　　猗盧死得好不值得，劉琨惋惜地哀嘆了一陣以後，轉問衛雄、箕澹：「兩位將軍南來，是準備南去建康？」

　　衛雄欠身，道：「劉公怕吾等拖累？」

　　劉琨道：「這話從何說起？」

　　劉遵撲通跪到劉琨面前，道：「是孩兒沒有早把事情說明。按詔命，兩位將軍的職守在邊塞，而今代國之勢又無法履職，與孩兒商量前來依附爹的麾下。孩兒來不及向爹稟告，使了膽應諾下來，請爹體恤兩位將軍苦境，留下他們吧。」

　　這可把劉琨高興壞了，像一個飢渴將死之人突然得到天賜吃食和雨露一樣，當下有了得以復生的希望。他笑著彎腰扶起劉遵，道：「你替爹做主，做得是。你我父子與衛將軍、箕將軍同為一殿之臣，又都是國難之中的難臣，難臣憐難臣，我怎能不留他們呢？」隨即身形略一轉，謂衛雄、箕澹：「這裡就是兩位將軍的家，盡可放心住下來，要餉要秣向我說。」

　　衛雄、箕澹恭敬參禮，道：「謝劉公，謝劉公。」

　　劉琨安頓衛雄、箕澹二位將軍及其所領來的兵馬歇息了些日子，召來長史李弘和張倚、楊橋一干幕僚計議，想趁衛雄、箕澹兵馬的銳氣南出攻打平陽，但此意還沒有向二將透露，就接到樂平郡太守韓據送來的告急表文，說漢將石勒大軍圍了沾城[03]，情勢緊急，若不速援，城將不保。

03　西漢於此置沾縣，在今山西和順西北。

劉琨讓侍僕扶起送表文的使者，遞給他一道手令，道：「你拿我書信速回告韓據，援兵到達之前守住了沾城，我為他慶功；失了沾城，我取他人頭。」

　　使者道：「小使一定把牧伯您的原話傳給他。」

※

　　樂平治所沾城是并州東緣前哨，萬萬丟不得。由此劉琨立即將南攻平陽改為東救沾城，急使長子劉遵請來衛雄、箕澹，把韓據告急表文遞給兩人看。衛雄看過給了箕澹，箕澹掃了一眼放回劉琨几案，像沒事人一樣沉默在座位上。

　　救沾城事情緊迫，劉琨雙手一拱，出言道：「沾城是我防守石勒西入的一扇大門，這扇大門不能開，請兩位將軍疾速整頓兵馬為我馳援。」

　　已洞曉劉琨之意的衛雄、箕澹，聽了這不留餘地的話還是愣了一下。箕澹欠身眼望衛雄，衛雄看上去很鎮靜，先對箕澹搖了一下頭，隨後兩眼看向劉遵，道：「少將軍，你我可是有言在先呀！」

　　在塞外，衛、箕有要求，劉遵有承諾，可現在無法按那時的口頭協議行事了，劉遵說道：「是說過來到并州得休整一年半載，可誰料石勒偏在這個時候來闖沾城這扇大門呢！」

　　劉琨道：「衛將軍，沾城戰情容不得推辭延誤。」

　　將軍楊橋參禮，道：「是呀衛將軍，救下沾城什麼都好說。」

劉琨伸一下手，道：「到那時我允你休整一年。」

衛雄嘆氣道：「今所帶來之眾有不少是中原兵卒，他們久居塞外，與中原往來不多，對劉公的恩德聲望還不是很了解，恐怕難以讓部眾效忠。將士陣前不使力，又如何救得了沾城？」

見衛雄神色和情緒上有些怨氣，長史李弘很想反駁他幾句，又摸不透他的脾性，怕適得其反，說道：「只要兩位將軍陣前使力，眾多兵卒還是要隨了率領他們的將領衝鋒陷陣的。」

箕澹狠瞪了李弘一眼，道：「我們來的時候，一些將士擔心得不到公正相待。今眾人到此還不足二十天，倒把他們送上與強敵交鋒的戰場，他們能不覺得受騙了嗎？」

劉琨道：「這話言重了。」

箕澹豎起一根手指晃了晃，道：「劉公且聽我說下去 ——就時下之狀而論，最好一面收取鮮卑人留下來的穀物，蓄積餉秣；一面派小股兵馬抄掠漢國邊緣地域的牛羊畜類，緊閉關隘，息兵屯耕，使將士得到休養，真正感受到劉公恩威了，那時率領眾人走上疆場，便沒有一件功業不能成就。」

越說越離譜了，劉琨當下嗓門一提，說道：「按將軍所議，等到眾人受到并州恩義教化之後再出兵，只恐我劉琨這個藩鎮所轄之地早被石勒侵光略盡了，還率領部眾上什麼疆場！不行，沾城不能不救。兩位將軍既歸至我麾下，就得受我差遣，這是軍令。說得客氣點，請兩位將軍受點委屈為我出援，務要

一戰將石勒趕回燕趙，騰出手來南伐平陽。」

　　望見箕澹在一旁直是搖頭，以為他們尚有顧慮，劉琨緩和一下語氣，又道：「石勒之眾雖強，但不及鮮卑兵之勇，你們無須過怯。」

　　胖大的晉左將軍衛雄，身體一傾，靠近箕澹，低語道：「硬抗下去也不好，領命吧。」

　　箕澹默契地點了點頭。

　　衛雄朝劉琨拱手參禮，道：「劉公不必多說了，我們遵命去救沾城。」

　　劉琨道：「兩位將軍能識大體領兵馳援沾城，我劉琨感謝。」拱手施禮，鄭重吩咐二將速去準備。

　　他們參禮退出，留下那一聲「遵命」，久久迴蕩在劉琨的廨庭裡。劉琨反覆想二人說「遵命」時的聲氣，似有迫不得已，也像真誠允諾，就情緒昂揚地轉身面西跪下，一腔慷慨之氣說道：「殿下（南陽王司馬保），您好生守疆土等消息吧，我劉琨這就要給那個羯胡石勒重重的一擊了。」他拖著長長的聲腔兩手猛地捂住臉霍地朝前一彎腰，頭碰地嗚嗚嗚地哭起來。

　　劉遵忙叫道：「爹——」

　　一聲高叫，李弘眾人驚怔了一下，隨即也「將軍將軍」地叫起來，將劉琨攙扶起，劉琨則道：「攪我做什麼，還不快去送送兩位將軍。」

第二十九回　帥智將勇石勒定并州　兵去身孤劉琨亡薊北

劉遵道：「當送，孩兒去。」

劉遵拉了李弘出門來，劉琨也跟出來，吩咐兩人把衛雄、箕澹送回臨時縶在城外的兵營。

※

衛雄、箕澹把所屬部眾集結在涂水[04]畔，箕澹站在一塊巨石上指揮徒卒、騎兵的前後次序，目光瞟見一人，忙道：「劉公來了。」

今日凌晨，劉琨騎馬從晉陽趕百餘里路來到這裡。衛、箕二人迎過去參禮。劉琨拱手還出一禮，隨之轉向整肅劃一的騎兵馬頭和荷槍背箭的徒卒佇列那邊看去，笑呵呵地誇獎道：「聞你們久鎮邊陲，治兵有方，所言不虛啊，確非通常兵家不及。」

二將也笑笑，道：「歸屬劉公麾下第一仗，怎敢不精心治兵。」

劉琨抬腳也邁上那塊巨石，朝一直通向遠處的各兵列望了望，即命二人率徒卒、騎兵兩萬為前驅，快速馳救沾城，自率數萬大軍以為後援。

※

卻說漢鎮東大將軍石勒率兵圍了沾城以後，攻打又緩慢下來，想看看劉琨這個書生將軍怎樣來救沾城。他巡視各兵營回

04　成書於北魏年間的《水經注》稱為洞渦水，又叫同過、同戈、洞過、銅鍋，上游源出今山西昔陽，經壽陽南五十里由黑水匯入後，西南流過榆次、清徐入汾水。

來進入縶在沾城西北面的中軍大帳，裡面正爭論著如何踏平沾城。大家見是石勒，一下子安靜了下來。石勒看了看不再爭吵的各位將領，忍不住笑了，道：「不用急，右侯已經把劉琨援軍死的地方都選好了，到時候……」幾個人不明白，正要發問，順帳門望見探馬奔來，朝石勒稟道：「并州刺史劉琨差遣從平城歸來的晉將衛雄、箕澹二將，率徒卒、騎兵兩萬為前鋒來救沾城，大將軍是否已經知曉？」

石勒道：「他的人馬現下到了什麼地方？」

探馬道：「小人來時，前哨傍廣牧[05]西南一條河流南行。」

稟報到半中，又見一探馬飛報，道：「衛雄、箕澹之兵，已集結在涂水畔待發。」

這兩路探馬還在等待石勒吩咐，第三路探馬又至，報說劉琨命長史李弘留守晉陽城，親率一支大軍往廣牧那邊去了。石勒問劉琨去廣牧做什麼，探馬說他還沒有探明，先返回這裡來了。

石勒聞知衛雄、箕澹援軍從北面來，便以為此仗當以攔截迎擊拒敵，方可速戰速決。他吩咐三路探馬分頭北出繼續打探，自去張賓帳裡籌劃。

此刻，石勒躬摜甲冑，腰佩長劍，站在中軍大帳門口，召來眾將吩咐留下部分兵馬圍沾城，集重兵北出迎擊來援沾城的并州之敵，命孔萇為前鋒都督，率騎兵、徒卒五萬先行。眾將

05　東漢置縣，治所在今山西壽陽西北部。

第二十九回　帥智將勇石勒定并州　兵去身孤劉琨亡薊北

聽了皆俯首承命，只有騎兵都尉鄭岩有異論。他說衛雄、箕澹所率人馬，有相當數量是鮮卑兵，本身兵強馬壯，又意欲建功，鋒芒何其銳也！不如先深挖壕溝，增高牆壘，鈍其銳氣而後進擊，必獲全勝。

石勒一副嚴肅的臉色凝視鄭岩，道：「衛雄、箕澹之兵傾巢出動前來，已經逼到我軍營地邊了，哪裡顧得上挖壕增壘鈍其銳氣！此論乃自我滅亡之道，速將這個都尉推出去斬了！」

撲通撲通跪下幾位將軍求情，道：「請大將軍且寬赦於他，使他上陣衝鋒殺敵，以觀後效。」

石勒道：「這等餒我軍志之將，少一個有何要緊，斬！」他背轉臉向外揮手。

眾武士斬了鄭岩趨步入帳覆命，稟報說行刑完畢，石勒一字未答。張賓知道石勒心裡難過，代他朝武士說道：「知曉了，退下。」

武士們彎腰倒退出去，石勒方轉回身來，只對眾將說了一句「斬鄭岩是為北方重要一役齊軍志」的話，即命孔萇立刻出發。孔萇參禮領命之時，石勒大聲令全軍將士：「最後一個出營門者，斬！」

軍令如山，所有將士都顧不得細想，衝出營帳站入各自佇列。騎在馬上的大將孔萇，向屬於他指揮的將士行列一揮手，率領他們按照石勒、張賓所授密計，沿一條從北到南的狹窄驛

道附近選擇好險要之處設下前後兩道埋伏。在晉兵走近的時候，孔萇馬上差遣夔安將軍打頭陣，將晉兵引進伏擊圈。他隨之又把大旗一擺，夔安會意轉頭回擊。箕澹覺得自己比衛雄年輕三歲，向衛雄打了一個手勢，率先上前接戰。箕澹看了一下來將旗上的「夔」字，就勸夔安迷途知返，隨他同保晉朝。

夔安哦哦兩聲，說你以為你還有晉朝嗎？我大將軍早已得到軍牒，那司馬鄴小兒坐羊車、口銜璧降了漢，成了亡國之君，你是真不知還是假不知？還是那劉琨老兒怕你知道了不為他衝鋒陷陣，像這等主將值得你為他來送死嗎？

箕澹心下很複雜。他說不清是夔安編造，亂他軍心，或者劉琨怕亂了軍心，特意隱下這等塌天國殤，遣他來戰漢軍。如果確是後者，那他劉琨也太不夠交情了，但他表面上表現得既鎮定又強硬，提起大刀直朝前衝，整個兵馬完全陷入漢軍的戰略伏擊之中，他慌得大叫：「衛將軍你快撤，我殿後。」

但是埋伏在後面陡峻山坡的支雄、王陽所預備的滾木礌石轟隆隆砸下，處境已危。箕澹略一審視此處地形，急差人知會衛雄順山勢水溪向西逃晉陽。在西面山上觀戰的石勒、張賓望見，派桃豹、石會、郭黑略率一哨兵馬迂迴到西邊去攔擊，箕澹又急忙與衛雄返回老路一氣逃出十多里，回頭看時，尾隨來的僅三千來騎。

箕澹、衛雄不願再受劉琨節制，自領兵奔回代郡。

第二十九回　帥智將勇石勒定并州 兵去身孤劉琨亡薊北

樂平太守韓據，這時候借助太陽斜至西山的弱光，還在眺望劉琨派來解圍的援兵，城牆下一探馬奔來，喊道：「稟郡守，大事去了。衛、箕救援之師大敗而遁，石勒主力正向我處而來。」

韓據像呆子一樣站了一陣子，一抬腳跑步下了城牆，命護軍：「速知會部眾去廣牧。」

漢軍這邊得訊韓據連夜出逃去依附劉琨，石勒領兵進據沾城，命前軍都督孔萇，趁勝轉攻廣牧。打一仗，勝一仗，很快將劉琨屯聚在那裡的三萬大軍消滅了一大半，留下少數龜縮在廣牧那座孤城。

此一役，晉司空、并州刺史劉琨幾乎全軍覆沒。晉左將軍衛雄、信義將軍箕澹又不告離去，劉琨成了空有一顆忠心的孤家寡人，倒是兒子劉遵、劉群，將軍張倚一干人跟隨著他，時刻和他說些江東司馬睿的消息。

半個月前，劉琨已將晉愍帝司馬鄴出降的不幸告知了幕僚，此際盡知兒子和幕僚們是在讓他南去，他搖頭不肯。他認為凡事有興即有衰，石勒會有衰敗的那一天，那時再奪回并州，於是對劉遵、劉群道：「今天下崩亂，聖駕蒙塵，并州又將不守，爹沒有臉去見琅琊王。」

劉遵道：「去不去在爹。爹在哪，孩兒就隨爹在哪。」

到了夜間，劉琨登城巡視守城將士，從晉陽逃來的家臣張儒來到城上，跪下向他稟報道：「屬下無能，未能阻止住李長史。」

劉琨道：「李弘跑了？」

張儒道：「他降了漢軍，石勒兵馬進了晉陽城。」

一聽長史李弘將老巢晉陽獻給了石勒，劉琨當下眼前一黑，向前栽去，兩手托地半晌才緩過氣來。劉遵趕快彎腰去攙扶，道：「上年去臺駘山 [06] 的路上，李弘表示與爹共守晉陽，我就說他靠不住，郭四將軍還不相信。」

劉群看劉琨，道：「李弘是個趨炎附勢之人，由他去吧。」

劉琨猛一抬手臂，甩開二子，發狠道：「一孔之見！」

所有的努力都化為烏有，劉琨扒住堞垛朝西悵悵而望。晉陽有他的許多心血，何以能不為之痛心呢？他呼哧呼哧邊喘氣邊傾吐未盡之言：「何止是出降了一個李弘？我的晉陽、我的封藩、我的名聲、我的……唉，我將不我也！」

劉琨處於進退不能的危殆之地，幽州刺史段匹磾探聽到他的處境後，遣使攜書邀他前往。他略看一眼來書之意，就遞給了劉遵兄弟，自己在地上徘徊，頭腦裡不住地想著段匹磾這個人、這封信。

劉群看了看信，說道：「信中說請司空來薊共匡社稷，怎麼是來薊？」

劉琨道：「石勒委任的幽州刺史韓翰，不願做石勒麾下的封疆大吏，私自將職位讓給了鮮卑段氏的段匹磾，段匹磾據有了

幽州刺史之位，遂將州治從晉初移至的涿縣城還治薊城，估計是這裡距他的鮮卑族落近一些吧。」

劉群道：「他的手書提到已遣使入朝稱臣，然其終為虎狼之師，不可輕信。」

劉遵忙用右臂外肘推了一下劉群，劉群知趣地閉了嘴，劉琨卻轉身對劉群說道：「你說的不是沒有道理，可眼下之狀友歿（猗盧死了）兵去（衛、箕領兵去了）勢孤，吾等只有這一條路可走。」他重重地嘆息一聲，吩咐道：「遵兒、群兒，知會眾將，預備突圍。」

二子俯首應道：「兒等遵命。」

萬般窘迫之下，劉琨選擇了北赴薊城，派兵佯衝一下南門，擺出南去建康的陣勢，隨後率領殘部迅疾出西門逃遁。踏過冰凍厚實的溪水支流，北出雁門剛到了飛狐關水，天色已晚，凜冽的西北風攪著雨點灑下，很快雨點變成了雪片，打得馬睜不開眼，被迫背著風雪來勢東轉走飛狐口[07]北去。

劉琨從西門逃出不到半個時辰，孔萇請令追襲，石勒點了一下頭，隨又把他叫住，說道：「像劉琨這樣的人，捉了他不殺不行，殺了又不好，倒不如由他自尋生路去吧。右侯，你說是不是？」

07　在今河北蔚縣東南恆山峽谷之北口，為古代河北平原通向北方邊陲的咽喉。

張賓看一眼遠處，道：「還是按孔萇將軍說的，追吧。防他盤踞某座城壘，又得興師往討。」

　　石勒道：「言之有理，追！」遣孔萇追擊劉琨敗逃之眾。

　　孔萇領命，率五千精騎一離大營，張賓兩手馬上朝石勒一拱，道：「孔將軍兵少，明公當另派一將再帶五千人馬趕去。」

　　石勒微微而笑，道：「孔萇百戰之將，一個兵能頂兩個用，五千夠了。」

　　卻說孔萇一馬當先，疾驅北進，在代郡附近一戰，將落腳代郡不久的晉左將軍衛雄、信義將軍箕澹二將斬首。班師回見石勒，石勒大喜，升張賓為將軍，張賓跪拜辭謝。

　　是年歲末，石勒悉得并州。

第二十九回　帥智將勇石勒定并州 兵去身孤劉琨亡薊北

第三十回

進女惑主閹寺專權 姪兒忌叔劉粲奪儲

劉琨丟了并州，使漢廷中護軍靳準為之嘆息。

本為晉朝老臣的靳準，晉愍帝司馬鄴出降之後，他感到晉朝已是落花流水春去也，就來了個轉頭事漢待時機。一待幾年過來，隨著兩位女兒入宮為后，靳準成為漢廷重臣。靳準行事表鬆裡密，聰明卻又有些氣量狹小。雖然由於爵位升高而數更其衣甲冠佩，但衣甲冠佩裡面包裹的那顆復興晉室的雄心始終未變。他獻出了女兒，放棄了家庭，唯一的目標就是對漢廷實施報復，徹底毀滅劉氏王朝。今日散朝回到宅屋往席上一坐的時候，他依舊激情難禁地嗟嘆道：「唉，又一個守土之臣敗逃了。」

低沉的嗟嘆之聲，讓套屋裡的一位女子聽見了。她躞蹀走出套屋，細聲細氣地說道：「爹，您無須為他嘆惜，那劉琨本來就是個長於詩畫、不擅將兵之人，能成什麼事。」

靳準看一眼說話者是二女兒月華，引背前傾下拜，道：「不知右皇后駕臨，臣拜見右皇后。」

其時靳月光已死，靳月華擔心她爹傷心太過，特來看望，誰想靳準竟這般當真起來，急忙雙膝跪地把靳準攙扶起來，道：「爹，不可，不可，這又不是在宮裡，女兒怎敢受爹的大禮。」

靳準坐直身形，道：「妳要這樣說，爹的禮就省了。」

靳月華道：「女兒知道爹為并州之失而可惜，只是失已失了，且不說它了。女兒趁他（劉聰）熟睡出來見爹，是說那中常侍王沈邀他宴飲，我見他說話遮遮掩掩，不會有什麼陰謀吧？」

靳準當下想起王沈曾說過，他把一個年方十四的美豔絕倫的侍婢認為義女的事，是不是要學自己進女入宮？數年前，靳準就為京師洛陽之陷，晉懷帝司馬熾之被俘遭殺而大為不平，每有對攪亂中原禍害晉廷的劉淵、劉聰、劉曜、石勒、王彌等人實施報復，但恨孤掌難鳴，不能成事，便想先將花容月貌的長女月光、次女月華獻給劉聰，然後尋機謀變。他請劉聰駕幸靳宅宴飲，命二女宴前斟酒，劉聰被月光、月華誘得神魂顛倒，果然將兩人納入宮中。

他知道王沈心術詭譎，定會使用比他靳準更高明的手段將義女送給劉聰，說道：「此事大概不會有礙爹的什麼事體。」他朝外微擺了擺手，伺候在旁的閒雜人等退出去以後，讓月華坐到自己身邊，低聲探問：「後宮之地，規矩很多，妳還住得慣吧？」

自進宮以來，靳月華日夜強顏歡笑，迎合劉聰，早有一肚子苦水，但她從沒有向外吐露過。今日一聽此問，止不住湧出兩眶淚水。靳準見此情景，起身去關閉屋門，說道：「爹難為妳了，可是爹讓妳們姐妹入宮，是爹復興晉室的一種謀畫，不想竟使女兒們……」

靳月華撲通一聲跪倒在地，道：「女兒已看出爹對晉室二帝（懷、愍）、河山之失的一腔忠貞之心。今爹欲伸張大義，若有用得著女兒之處，儘管吩咐，即使死也無怨無悔。」

第三十回　進女惑主閹寺專權 姪兒忌叔劉粲奪儲

靳準扶起月華，道：「今朝中劉聰兄弟和他的幾個兒子掌控朝政，勢力頗大，爹想使女兒早晚陪侍劉聰左右，離間他兄弟，使之內訌，爹方好相機用事。」

靳月華應道：「女兒會這樣做的。」

靳準略一點頭，道：「適才說到王沈邀劉聰到他宅屋小宴，估計他想把義女獻給劉聰。以爹看來，不拘劉聰看上哪一個女子，妳都應勸他納進宮去。」

一時不明其意的靳月華急問了一聲：「為什麼？」馬上又微微領首，道：「哦，明白了。爹的用意是劉聰納的女子多，封的皇后也會多；後宮皇后多了，爭寵之人就多，為爭榮寵而相互攻訐，攪擾劉聰無法正常理政。」

靳準接住靳月華的話意，道：「另一方面三后並立氣死了兩個正直大臣，後來又死了大將軍劉敷，若能慫恿劉聰封到四后、五后並立，再氣死或者激使劉聰殺死幾個大臣，爹的事不就容易一些了嗎？」

靳月華掩口而笑，站起來拜別靳準回到宮中，正見劉聰攜王沈義女回來，當下與此女手把手站過一旁，稍做敘談，一轉身就勸劉聰封王沈義女為左皇后。

這話恰合劉聰心思，劉聰笑道：「妳說可以再封？」

靳月華道：「誰說不可，先把他的頭拿來。」

劉聰很快命人準備了儀式，冊封王沈義女為左皇后。

中常侍宣懷，見靳準二女兒得寵，一家升官；王沈認一義女入宮封后，亦如靳準那樣鞏固了自己的地位，也生盡巧偽覓來一個麗姝般的義女宣氏，跪獻給劉聰，劉聰照納不誤，當下擬詔宣行封為皇后。

劉聰為色所惑，更加糊塗，還把一個風韻不俗的樊姓宮婢封為上皇后，填補靳月光之位。這樣後宮佩戴金印紫綬者多達七人。

這一封，宮廷內外又是一片譁然。

劉聰對諫議之臣剛發過一通火，皇門侍從即呈上一份奏表，是尚書令王監、中書監崔懿之、中書令曹恂三人聯名上疏的，其奏表曰：「臣等聞，向來帝王立后，皆擇世德名媛貞淑之女，方可母儀後宮，奈何一旦以婢主之？臣等恐無福於國家，反有害於宮寢也。是以不敢不陳，謹昧死上聞。」

劉聰覽畢怒斥王監、崔懿之、曹恂狂言嫚語，詆蔑國朝，命劉粲將三人收捕，使王沈、靳準他們率領武士牽往市曹監刑處斬。劉聰之朝，許多僚佐忌憚閹寺權勢屈從其行，王監這些不肯違背本意的正直之臣的上疏所陳確是事實，劉聰不審察閹寺進奉女色用心所在，反要治王監等三人死罪，所以王監大罵王沈惑主誤國之賊，崔懿之亦瞋目斥道：「靳準梟聲獍形必為國朝大患，你王沈黨同梟獍，今日你殺人，他日人亦殺你。」王沈被罵得一臉紫脹，又怒又愧，立命劊子手，道：「快把他斬了！」

第三十回　進女惑主閹寺專權 姪兒忌叔劉粲奪儲

有多少寵妃，就有多少權閹，歷來如此。閹人王沈等人靠進奉美色而得寵，皆嬖幸用事，好同惡異，借劉聰之手又殺了三位賢能之臣，嬉笑著走進劉聰寢宮，說道：「量來沒人敢攪擾陛下了，您就安心後宮吧。」

由此劉聰荒淫無度，百日不朝。

※

中護軍靳準見自己與次女月華所謀得逞，興奮得趕往將軍營去見堂弟靳明、靳康，但走在正街忽見上百之眾的侍從，簇擁著一位將軍往宮裡方向去，青紫麾蓋之下竟是車騎大將軍吳王劉逞。靳準此刻已經迴避不及，只好迎著麾蓋走過去，還沒有走到麾蓋前，劉逞倒向他招呼一聲說，皇太弟召他到東宮延明殿有事。

靳準不好說什麼，微笑著拱了拱手，轉頭抬腳踏上去後宮的甬道，眼睛斜望著護衛劉逞的人馬行色，心想這劉乂召見帶兵之將做什麼？

靳準已將三女兒獻給了相國劉粲，從她口中得知劉粲忌劉乂占了屬於自己的儲君之位。劉粲沒有經歷過那次宮廷殺戮事件的朝會，也不完全清楚那時劉聰為什麼要說「日後北海王長成，再把大位歸還」這樣的話，埋怨劉聰不該封劉乂為皇太弟。有一天他問劉聰：「為什麼不把儲君給我，而給了我叔父劉乂？」劉聰說道：「他是朕的嫡親弟弟，給了他並無大錯。」

但是劉粲現在是國朝存在感最強的人，他不滿足於相國之位，他說他要拿回儲君之位，將來坐到帝王之位。靳準聽三女兒說了這些，認定劉粲忌劉乂確是事實，就把工夫下在策動劉粲爭儲挑起宗室親族的內鬥上。有一回他在與中宮僕射郭猗的閒談中，聽出他對劉乂很有些看法，趁機將他看到的吳王劉逞的事吐露出來，說服郭猗向劉粲進言，道：「近些日子以來，臣見東宮屢屢召見帶兵之將，不知道要做什麼？」

史書上說劉粲「少而俊傑，才兼文武」，但自從有了奪取儲位的想法，變得私心漸重，奸詐害人。他望一眼郭猗，裝出一副驚詫的神色，道：「他想做什麼，我怎麼能說得清。」

專門來策動劉粲奪儲，郭猗自然口中念念有詞，道：「相國乃陛下嫡長子，理應為皇嗣繼承人，卻讓一個劉乂據有東宮，您不感到委屈，吾等還為您叫屈。」

劉粲拿不出主張，低沉著臉，半晌才道：「那你說如何為好？」

郭猗就想讓劉粲這樣問他，他詭祕地笑笑，說道：「王公、靳公都以為當除掉他，使相國殿下早正東宮之位。」

劉粲有些害怕，直看郭猗，郭猗湊近一步說了他的計策，劉粲心頭一怔，說道：「這計策關係到我父皇，他若察覺了……」

郭猗早把事情一旦敗露的後果想過了，凜然道：「只要能使殿下得到儲君之位，我郭猗不在乎這條命。」

劉粲道：「這可是彌天大謊呀，他能信嗎？」

郭猗神采飛揚，一副很自信的神態，回道：「皇太弟性體再信實不過了，一聽是陛下的意思，他沒有不信的。」

單從性格來講，大可蒙住劉乂，但劉粲膽怯，不願點頭，只道：「這太危險了，不可取，不可取。」卻隨又哼了一聲，緩緩乜斜郭猗一眼，道：「王沈呢，他也認為此計可行？」

這樣的發問讓郭猗更有了藉口，只是他並未馬上開口，半掩下眼皮想了一下，道：「這是在太弟頭上做動作，比不得一般。從眼下朝局勢態看，又當速斷速決。是以王公、宣公都認為把謊扯得越大，越能使太弟那邊的幕僚將佐不致產生任何懷疑。東宮行動快，事情結束得也會快。」

看出劉粲仍在猶豫，郭猗又道：「殿下您也不要太拘泥於陛下欽定的那些事情，您是權傾朝野的人物，法度和禮儀對您能有多大的約束力？您不能再猶豫了。」劉粲邊看郭猗邊想著他的這番話，點頭道：「你再和王沈、靳準謀劃仔細一點，一要快，二不能出事。」郭猗應道：「是。」他施禮退出，很快攀結王沈、靳準等拋出一個「太弟為變」的謊報，趁夜草寫出一卷奏表，拿了去寢宮觀見劉聰。劉聰抖開奏表看到「太弟為變」四個字，拿起那卷奏表朝跪著的郭猗頭上啪嚓一聲砸去，道：「即刻滾，朕不想再看到你！」

郭猗恐慌得抓起那奏表彎腰低頭退出門外，站定伸手摸了

摸頭還長在自己的脖頸上。這時他似乎感到不該捲入這場奪儲鬥爭，但若要退縮，劉粲必然殺了自己。他緩氣朝前望一眼，轉身去見劉粲。

劉粲見郭猗臉色很不好，問道：「我父皇不信？」

郭猗瞟一眼劉粲，微微挺胸，回道：「是，不信，我會使他信的。」

像上一回那樣，郭猗靠近劉粲說了他的想法，還把他的同黨王皮推薦給劉粲。

急於要當皇太子的劉粲，辭退了郭猗，馬上就把王皮召來，問道：「你就是那位足智多謀的王皮從事中郎？」

王皮跪下，道：「承蒙誇獎，正是微臣。」

劉粲道：「郭猗已經安頓過你了吧？你可以照他說的去做。」王皮點頭受命去東宮進見劉乂，躬身施禮，道：「適奉詔命，說都城將有變，殿下人眾當暗裡裹甲以備非常。」劉乂俟然不疑，下令東宮所有僚屬一律裹甲防備不測。

回到相國宅邸，王皮拜見劉粲說他親眼看見東宮的人皆裹甲執刃，請他決定下一步如何行動。劉粲立刻遣使知會靳準、王沈他們入宮稟報劉聰，道：「啟奏陛下，太弟將有嘩變，他的宿衛士卒均已裹甲待發。」

劉聰道：「太弟忠謙落落之人，豈會背朕而行不軌？你們若敢謊報太弟為亂，當知朕的刑辟無私。」

第三十回　進女惑主閹寺專權 姪兒忌叔劉粲奪儲

幾個人都俯首跪伏在地，道：「太弟之行，臣等前已有聞，只因事關皇儲，不敢來稟。今見他反情已露，又不敢不奏，請陛下詳察。」

見他們皆如此進言，劉聰想了又想，差遣一名侍衛暗暗去偵察，所見之情和靳準、王沈說的一樣，當即召來劉粲命他領兵將東宮圍住。劉粲先高興了一下，忽又神色凝重。因為他非常害怕時日拖長，事出反覆，急遣王沈、郭猗、王皮一干人，分頭帶領宿衛兵卒將平時與劉乂往來頻繁者數人拘捕，嚴刑拷問，眾人受刑不過，一一招供曾與劉乂共謀逼宮。

拿到供詞，劉粲與靳準、王沈一起上殿呈給劉聰，劉聰見言之鑿鑿，下詔廢黜劉乂皇太弟封號，還居北海王邸。相國劉粲擔心日久事發，暗囑靳準、王沈將原居東宮的劉乂親戚、僚屬皆誅殺，並坑殺兵卒一萬五千餘眾。幾天後一個月黑風高的夜晚，劉乂也死在猛撲過去的暗影之下。

廢去太弟封號的劉乂，依然受著皇權的庇護，漢帝劉聰每天都派遣侍衛去看望他，此刻突然報來他的死訊，很是吃驚，也有些傷感，擠出幾滴眼淚。他雖然想到這裡面可能的陰謀，並沒有過多地去追究什麼。因為他早存下讓劉粲繼位之心，只考慮權力傳給子孫的永續，立萬世基業，所以殯葬過劉乂，發詔立劉粲為皇太子，領大單于之職，統攝朝政如故。

立劉粲為太子的當天夜間，靳準命侍從秉燭几案，獨坐案

後想著次日進宮去見月華，守門侍衛即來報說堂弟靳明前來拜訪，靳準忙起身披衣相迎。靳明揖禮之間看出靳準並不暢快，沒敢多言，待靳準讓他左側坐了，又示意一應侍從退下，道：「不必拘謹，說吧，什麼事？」

靳明道：「兄長為劉粲父子除了劉乂，深得其寵信，現下可偽以劉聰詔命矇騙宿值兵馬殺進宮去了吧？」

靳準眼望屋門，道：「不能急。眼下不滿劉聰的人是不少，可往他那裡跑的人也很多。為兄以為要緊的是兵馬，若能將司隸校尉一職拿到手，成事的把握才會更大一些。」

靳明看了他半天，冷笑道：「不要空想了，誰會憑空開恩給你一個司隸校尉？」

靳準無意一笑，道：「那司隸校尉也不只有他劉姓之人當得。」

靳明的來訪改變了靳準急於入宮的打算，須得先造一條至少能彈劾免去現職司隸校尉的事由，而後進見月華。只是這時太子劉粲召他與王沈等扈蹕劉聰出郊田獵，已降的晉愍帝司馬鄴身著戎裝，手執長戟，在前面開路，城中士民爭相觀看，甚至有人為他感傷流淚。劉聰看出留他活著不利於國朝安定，田獵一畢，賜司馬鄴長劍一把、白絹一段、鴆酒一壺，命靳準、王沈送到寢舍讓他自裁。司馬鄴看一眼所賜三物，拿起長劍朝脖頸猛一刺，登時氣絕，時年十八歲。

第三十回　進女惑主閹寺專權　姪兒忌叔劉粲奪儲

　　晉愍帝司馬鄴被殺，亡國之痛的悲聲傳到建康，眾幕僚爭相上表勸進，琅琊王司馬睿先稱晉王，隨後安坐而即皇位。他是江東立國的第一位君主，史稱東晉元帝，揭開了中國歷史上東晉時代的序幕。

　　晉元帝司馬睿大興元年（西元三一八年）、漢麟嘉三年六月初的一天，漢帝劉聰命太史令康相和將軍劉雅侍隨在後宮甬道上散步，康相瞟一眼北來的雲一下子遮蔽了有陽光的天空，道：「今國內饑疫日甚，死亡和逃往冀州的人日見增多，異族將領石勒手握重兵，時露不服之狀，這兩點均讓國家不太平。由是當精選皇族中的親信能吏佐陛下理政，使內政、外事、軍旅、族落等都有專管的良臣，嚴明法度，人人不以私干政，以使朝局平穩，少出事端。」

　　劉聰眼望走在左下方的劉雅，道：「你以為如何？」

　　劉雅原無想法，他疾速想著如何回答，前邁一步，道：「是當嚴明法度，事事有人夙夜供職。」

　　康相和劉雅恰好說到了劉聰的心思上。他早想有一幫忠於皇室的賢達之臣替他有條不紊地治國理政，自己可以放心地遊宴於後宮。他在宮裡細細翻閱先帝劉淵留下的立官制、明約束的訓言，立命親信大臣制定了內外官爵品級，胡漢族人也分設了匈奴諸族落都尉和漢族人管理機構的左右都尉。

　　漢國初始，劉淵所秉持的是胡漢融合的國策，用以穩定政

局。他臨終囑託後事，還特命幾位顧命大臣勿易舊制。現在劉聰不想因襲他老爹施行的那一套了，實施胡漢分治。這種新制頒行之後，劉聰又迷戀在後宮女人堆裡，日夜淫嬲。過度的淫慾使他體力不支，病倒在光極殿，常聞鬼哭之聲，後遷居建始殿，鬼哭之聲依然如故，嚇得他大叫一聲：「來人！」

太子劉粲聞聲入內探視，劉聰拍拍榻沿，讓他坐下，叮囑道：「朕寢疾之中見聞多怪，今又見小兒子約（已死去的劉聰小兒子東平王劉約）來到身邊，想是朕命當終，他特來相迎。唉，天數如此，朕不懼死呀！」

劉粲跪下問及劉聰身後之事，劉聰道：「皇位自然是你的，到時候會有人扶翼你，有何可問的。」

劉粲邊看劉聰，回道：「是。」

這天劉聰見天氣不錯，要去後宮看望他那些年輕貌美的寵姬，還沒有邁出門檻又趕快躺回病榻，連昏幾個時辰，內侍、嬪妃、臣僚都來探視問寢，宮內外哀戚之聲不斷。此際，已是大興二年（西元三一九年）七月中旬，劉聰自知將死，強打精神召來太子劉粲和部分大臣安排後事，命人草擬遺詔征大司馬劉曜為丞相，石勒任大將軍，兩人同錄尚書事，佐劉粲為帝統御國家，但劉曜、石勒堅辭不受，劉聰改任劉景為太宰、濟南王劉驥為大司馬、昌國公劉逸為太師、朱紀為太傅、呼延晏為太保，此五人並錄尚書事輔佐劉粲。話說到這裡就閉上了雙

第三十回　進女惑主閹寺專權 姪兒忌叔劉粲奪儲

眼，累得眼看要睡去了，那靳準自哼了一聲，跪在劉聰臥榻前的太子劉粲扭頭朝後看他，他抬手指指自己，又指了指臥榻。劉粲意會到他在邀官邀爵，便往劉聰榻沿一趴，問道：「父皇，尚書令之位誰可任？」

劉聰睜了一下呆滯的眼睛，道：「范隆守尚書令、靳準任大司空兼司隸校尉，輪流閱視尚書省奏表。」

靳準榻下受詔，爬下去磕了幾個頭，與眾人互看一眼，謝恩彎腰俯首退出，僅過了幾個時辰，劉聰留下一大堆寵姬瞑目西去，在位九年。

劉聰死後，皇太子劉粲便登極承統為漢國皇帝。尊靳月華為皇太后、上皇后樊氏為弘道皇太后、宣氏為弘德皇太后、王氏為弘孝皇太后，冊封靳氏為皇后，立子劉元為皇太子，大赦境內。

改年號為漢昌。

漢帝劉粲沒有人主之器，經國無策，貪色有術，比他老爹劉聰更不修政德，不守綱常，荒淫無度，昏暗不明。劉聰所遺嬌妻美眷靳月華她們幾個女人，皆不超過二十歲，劉聰的喪事尚未完畢，劉粲就開始與靳月華等各個皇太后私通亂倫[01]，他的臉上竟不見一點悲戚之容，迷戀在後宮女人堆裡。

當然，這時最高興的要數靳準。

01　按匈奴傳統，父兄死，子弟占有他們所遺妻妾是合法的。劉淵建漢是以漢朝正統面貌出現的，以漢人的風俗，古代子淫父妾曰烝。像這種內亂行為，在最重倫理的中國古代是十惡不赦的大罪。

他的高興不單是死了劉聰，更因得到了夢寐以求的司隸校尉一職，有了調動和指揮守衛都城兵馬的權力，堂弟靳明、靳康齊來向他道賀。靳準藉故身體不適，隱而不見。其實此時他在與皇太后靳月華謀劃如何調開屯紮在都城附近的數萬兵馬。密議完，傳話靳明、靳康到後庭進見皇太后靳月華，但他們已經離去。

　　午後，靳準把月華隱在屏風後面，命侍從請太史令康相來見，兩人拱手行禮畢，靳準道：「我聽說你曾對先帝（劉聰）說石勒手握重兵，時露不服之形。今先帝歸天，他也沒有親來祭弔，不知康公如何看？」

　　康相供職內廷，素常走動造訪從不談軍旅之事，但靳準今日問這個做什麼？康相斜著疑惑的眼睛看著靳準，不想把久擱在心裡的話說給他聽，但又想顯露一下他太史令的預見，便說道：「日久必反。」

　　靳準假作驚訝地打了個冷顫，道：「石勒不會趁喪事將畢、新主初登大位之際南侵吧？」他眼望門外，又說：「今都城寡弱，大司馬（劉曜）又遠在關中那邊，石勒真要率精銳南來，吾等還不束手就擒？」

　　這話把康相唬住了，忙道：「不知大司空有何打算，康相願恭聽高見。」靳準輕搖其頭，道：「高見說不上，但我的一個同族是徒卒偵探，他探到石勒駐晉陽的部眾這些天連日南移，恐怕不是好兆頭。」

康相聽了有些驚慌，道：「為何不稟奏陛下？」

靳準道：「奏了，陛下以為都城之兵不可擅離。可我在想，當以康公太史令擅識天象之長，速速覲見陛下諫他防範才是。」

康相道：「大司空要這麼說，我是當入宮見駕。」

康相拱手辭出，靳月華從屏風後面出來，道：「經爹這番言語，康相定會入見劉粲，女兒這便回宮從旁幫腔進言助他。」

靳準點頭，道：「可以。妳說話要小心，不能讓他察覺出什麼來。」

果然不負靳準心計巧使，只隔三天便有風聲傳出，說劉粲詔命征北將軍劉雅率三萬徒卒和騎兵屯紮平陽之北百里之外，以防石勒。

劉雅拜命出宮走後的當天夜間，靳明來見靳準。他從服侍在劉粲寢宮的一個內線口中得知，康相覲見劉粲時，劉粲正在欣賞一塊稀世美玉上刻的嬌俏飄逸翩翩起舞的趙飛燕，對康相所奏只聽了個大概就說他會派兵去的。這時靳準笑臉把靳明引入後庭，說他已經知道了。靳明朝靳準指給他的座位坐下，問道：「這下可以動手了吧？」

靳準馬上眉頭一擰，道：「劉聰在日頒行的軍權不出皇族，所設輔漢、都護、中軍、上軍、輔軍等十六大將軍營，每營配兵兩千，加起來也不是一個小數。」

靳明覺得距離推翻劉氏王朝還是那麼遙遠，道：「你這般延佇下去，萬一讓人識破，就全完了。」

　　靳準站起來，道：「你是不是聽到了些什麼？」

　　靳明目光朝靳準面孔一掃，低下了頭。他昨夜巡查宮闈警戒，聽見隔牆有人低聲說話：一個說此間的靳氏，比同晉朝早年的楊駿，大權在握，一手遮天。另一個說楊駿一門二后，兄弟三人；靳準一門三后，也是兄弟三人，除了多一個皇后，別的真是太像了……偶爾聽來的這些簡短小語，讓靳明心裡投下一個恐懼的陰影，他道：「小弟是想到晉朝楊駿……」

　　靳準看看靳明神色，道：「你怕我們也會落得楊駿下場？」靳明點頭道：「小弟想，要是不能馬上動手誅滅劉粲，不如棄官為民，避開是非，方可保全靳氏一門老小。」

　　耗費精力把事情推進到如今這一步，靳準顯然不願黯然退場，他呵呵一笑，道：「為兄不會丟下走開，而且我又不是楊駿，能輸得那麼慘？」上身朝前一傾，靠近靳明耳朵交代一番：「你放寬心，等我消息。」

第三十回　進女惑主閹寺專權 姪兒忌叔劉粲奪儲

第三十一回

靳準宮變梟戮漢廷 勒曜回師平亂靖民

第三十一回　靳準宮變梟戮漢廷　勒曜回師平亂靖民

　　時令八月的平陽，天氣依然酷熱。黃昏時分，臣民多閒散於屋外消暑，靳準找了一個僻靜之處獨自猛跑了幾十個來回，直跑得渾身大汗淋漓時，來到劉粲寢宮門口，讓守門宿衛通稟進去，朝平常劉粲坐的位置前面撲通跪倒而拜，道：「陛下，陛下……」

　　此刻劉粲並不在座位上，靳準的叫聲落盡之後，才趿拉著木屐從帷幄[01]後面走出來，用寬袂在鼻前搧著，道：「大司空身上何來這般汗味？」他這麼問著，朝座位上坐了下去，道：「說吧，你急忙來見朕所為何事？」

　　靳準喘著氣，說道：「微臣是聽到了急事，又跑得急促了些，就……就大汗……大汗如漿。」

　　劉粲道：「急事還不快說？」

　　靳準看一眼劉粲，道：「臣聽說太宰（劉景）等諸公欲學伊尹、霍光而行廢立，先殺太保與臣，擁戴大司馬（劉驥）總攬大政。如此了得的大事，臣不能不急來稟告。」

　　劉粲因道：「不是聽話有誤，便是有人故意謠諑。」

　　看出劉粲懷疑此事系人捏造，靳準不覺大懼，道：「臣是照聽來的話稟告，如若真是賊人有意謠諑，臣就太欠思量了，請陛下治罪。」劉粲朝外揮手，道：「出宮吧，朕還沒有想治不治你的罪。」

01　用來擋風或遮擋視線的類似屏風的帳幕。

靳準仍然心虛害怕，忙於次日入後宮與二女兒皇太后說明利害，巧在這夜劉粲臨幸靳月華掖庭行樂，兩人狂歡之時靳月華枕邊趁機問道：「臣妾見侍婢說大司空覲見陛下您了？」

劉粲道：「他跑得氣喘吁吁，一身汗臭，嗆得朕沒讓他說完要說的話，命他去了。」

靳月華假作驚訝之狀，道：「跑的？八成是十分了得的大事急事吧，要不，他跑什麼？」

劉粲道：「不知從哪裡聽來一句太宰諸公欲行廢立，跑來奏稟。」

靳月華慌得呃的一聲撩被坐起，雙手捂臉在劉粲胸前抽抽噎噎哭起來，道：「臣妾不能沒有陛下您呀，這可怎麼辦哪？」

劉粲騰地將她掀開，圓瞪兩隻眼，怒喝道：「一個行廢立的謠傳，竟把妳父女二人嚇得掉了三魂六魄似的，煩死朕了！」

劉粲生氣出了靳月華掖庭，宿衛軍吏秉燭引路送他回到寢宮，召來弘孝皇太后王氏侍寢。劉粲說起因何離開靳月華掖庭的事，王氏說她也聽說太宰欲舉廢立，大司馬將主漢廷，劉粲由此相信靳準沒有騙他，連夜召集眾臣於殿堂，下詔拘捕太宰劉景、大司馬劉驥、車騎大將軍吳王劉逞、太師劉逸、大司徒齊王劉勱，押至刑場立即行刑……

朝會令百官大駭，嚇跑了太傅朱紀、尚書令范隆等人。他們兩個逃出平陽，倉皇西去投奔劉曜。

第三十一回　靳準宮變梟戮漢廷　勒曜回師平亂靖民

半個時辰後，太保呼延晏也悄然而去。

連誅親族大臣五劉，朝中一時空虛，劉粲只得詔命劉曜為相國，督內外諸軍事。授靳準為大將軍，錄尚書事，凡軍國大事皆由靳準裁決，等於把朝廷大權交給了靳準。

中常侍王沈見靳準外忠內詐，有心覲見劉粲直陳其詭譎之行，又怕劉粲聽不進去，但不覲見呢，也怕劉粲懷疑他有什麼意圖，便以防備石勒反叛為名謁見劉粲。或許是王沈最早察覺靳準行徑險惡的，但劉粲始終認為靳準對他忠誠。現如今，既然避開耳目跪拜在劉粲身前了，王沈還是想進言揭穿靳準，他說道：「大將軍他這個人……」不知劉粲聽到哪裡去了，搖著手，說道：「他，朕清楚。」其實劉粲並不清楚王沈的話意所指，然劉粲的口氣，使王沈沒有膽量說下去了。對石勒，劉粲早想滅了。他當面沒說石勒一個「壞」字，暗中卻命一些將領練兵上林園，謀劃出兵討伐，而自己整日整夜被靳月華幾個女人纏在後宮。

靳月華之意十分明白，這樣好讓她爹放膽行事。手握大權的靳準遂發一道矯詔，擢升他的從弟靳明為車騎將軍、靳康為衛將軍，所有宮廷宿衛全歸兄弟三人控制。

靳明、靳康意外得到將軍職銜，連袂來到大將軍營感謝靳準的提攜，靳準說劉粲殺五劉，十六大將軍營的兵卒暫時無法形成統一號令，今夜又是自己宿衛宮門，正是誅滅劉粲的時候。

靳明、靳康俯首參禮，道：「願聽兄長調遣。」

靳準當即布置兵力，率領宿衛將士殺進光極殿，又命靳康領兵闖入後宮捉劉粲。在靳月華掖庭飲酒的劉粲，看見幾個執刀的兵卒跑進來，還以為是同族人來為五位劉姓大臣的被殺打抱不平，唬得連滾帶爬鑽到臥榻橫頭的布帷下。靳康又叫一個兵卒喊道：「大將軍說有要事稟奏，請陛下即刻升殿。」

驚魂未定的劉粲，聽出是靳準差人來請，瑟縮著撥開布帷朝外窺視一眼，爬出來隨了那些兵馬來到光極殿。

光極殿門裡門外執兵披甲的將士看見劉粲進門，唰的一聲朝兩邊一閃，劉粲順著中間空開的通道向裡面窺視，一眼望見御座上坐著一個人，他大步向前看清是靳準，當下怒喝一聲，道：「大膽靳準，下來！」

靳準略一站起，又實實地坐了下去，似乎這樣方可使他有膽量制伏這個皇權天受秉籙御天下的皇帝。他盯住劉粲嗤笑一聲，道：「這位子不光你能坐，我也可以坐一坐。」靳準又朝劉粲嗤笑之時，劉粲彷彿突然發現了他的奸詐，急朝眾人喊出一聲：「來人，把靳準押下去立斬。」面前的武士沒有一個站出來回應。靳準離開御座挺起身子，道：「不用妄想了，這些人不會聽你的。」轉而一繃臉，投袂喊道：「把這個昏君給我綁了！」

驟間生變的情勢，嚇得劉粲周身顫抖，道：「朕登基以來，待你父女不薄，為何犯上作亂？」

第三十一回　靳準宮變梟戮漢廷 勒曜回師平亂靖民

靳準道：「爾等弒懷、愍二帝，篡位建漢，謀圖大晉江山，這犯上作亂的正是你劉家祖孫三代。」

劉粲道：「晉承魏以來，循舊不革，德望盡失，天下豪傑爭雄者非我一族。別人無罪，而我劉氏家族倒有罪了？」

陛階之下的靳康，趨前一步仰視靳準，道：「如此殘暴不仁、淫亂無度的昏君，與他有什麼好說的，結果了他算了。」

其時，人叢後面飄忽閃出一人阻攔。

此人是中常侍宣懷，他怒視靳康，說道：「靳將軍，你作為一個臣子，怎能說這等不臣之話？」

看出靳康沒有罷手的意思，宣懷暗使眼色，與他一黨的閹人和侍衛當下會意，道：「他是天子，不能殺。」

靳康冷哼一聲，道：「劉粲烝父妾，殘虐不君，這樣的人不能殺，那就殺你。」他拔出佩劍，發狠戳進宣懷腹部，宣懷一手抓著劍，一手指向靳康，道：「你你你……大逆不道……」言未盡倒地而亡。

隨在宣懷人馬後面的王沈，望見靳康殺了宣懷，一下子暈倒在地，僕從們把他扶起來抬了朝外逃跑。被甲士按在地下的劉粲，慌張伸出一隻手，喊道：「王愛卿，王愛卿，速去傳朕口諭，命劉將軍劉雅帶騎兵前來救駕。」他這時心裡悔恨，嘆息聲聲：「是朕不明，不該命劉雅遠離都城。」

重又坐到陛座上的靳準，手拍陛座嘿嘿譏笑，道：「你本來就是個昏暗不明的糊塗蟲，又過於相信了那個假軍牒。」

劉粲道：「假軍牒？」

說完滾倒在地。

衛將軍靳康手中帶血的劍朝靳準揮動一下，道：「今日是劉粲劫數，還等什麼？」

不待靳準點頭，站在身邊的甲士早按靳康的眼色立刻出刀將劉粲砍了。向來以為最忠實於他的人，現在的真面目卻是最仇恨他的人，把他騙到殿堂殺死，在位不足三個月。

憑藉三女二弟之力梟戮漢宮廷，實現了靳準心中不為人知的計謀。他站在光極殿陛階之上，輕撫頦下濃濃的黑鬚，看著那具身首分離的屍體冷冷地笑了笑，隨之自封為漢國天王，行使皇帝職權。待他列置百官事畢，即命眾將士將劉氏宗室族人皆捕捉殺戮，為被劉淵、劉聰、劉粲殺害的晉朝帝王與臣民出氣。

靳準瘋狂屠殺劉姓族人，連死去的劉淵、劉聰也不放過，挖開陵寢，割下劉聰的人頭，焚燒了劉氏祭廟，派使預備送傳國玉璽和懷、愍二帝靈柩至江東司馬睿那裡之時，局勢陡起變化。

※

襄國城已經落成部分殿宇，石勒及其僚屬從帳篷搬進殿宇廨庭。石勒老娘王氏，住進宮掖，叫來石勒坐到她跟前，母子兩人敘談由北原羯室草屋的寒微到住進閎閭宮掖的快意，不想這時石會領了一位使者進來，撲通一聲朝石勒跪下，道：「稟大將軍，朝裡出了大事。」

　　石勒只顧與娘說話，竟沒在意使者的稟報。

　　王氏倒在意起來，當下盯視石勒，道：「背兒，陪娘是家事，還是去禮待這位使臣吧。」

　　石勒答應一聲，向王氏一拜即轉問來使，道：「這位是老娘，又沒外人，是何大事你起來如實稟來。」

　　使者受并州監軍差遣，專來稟報漢廷宮變──靳準殺了漢帝劉粲，盡屠劉姓族人。石勒頓生徹骨之恨，驚呼一聲站了起來，說道：「靳準這個狂妄之徒，居然弒君滅族，已是天怒人怨！」看見使者嚇得直往後挪動，趕快溫和了臉色，道：「如今呢，如今平陽是何情形？」

　　使者道：「靳準自稱大將軍、天王，設置文武百官，差遣漢臣胡嵩送傳國玉璽給司馬睿，胡嵩不願去，靳準就把他殺死，另差人與河內太守李矩通使，準備將懷、愍二帝棺柩送往江左，傳說那邊已差太常卿韓胤北來奉迎。」

　　盛怒之下，石勒與使臣快步來到殿堂，召集謀臣張賓及諸將，說道：「這靳準也太無視我的存在了，我欲回師都城平陽剷除靳準……」石勒指使侍衛接轉又來的并州使者呈送的奏表，張賓趁這個空子問了有無長安劉曜的消息。使者說遙聞劉曜親將三軍東發，靳準派遣他的從弟衛將軍靳康領兵前往河水北岸防守。

　　張賓轉向石勒，道：「靳準秉漢權盡屠劉氏族人，倡狂至極，明公當點將出兵。我軍西去，劉曜東來，兩下夾擊，將叛逆靳準黨徒盡滅在平陽。」

石勒點了一下頭，命左長史張敬為前鋒，率五千騎兵從南面迂迴快速驅至平陽南邊；石勒自帶精銳五萬從上黨西出，與張敬匯合於襄陵北原[02]絳下行營。漢宮天王麾下的左將軍喬泰，把消息報給了靳準。靳準搖頭喟嘆，對喬泰道：「東面的人（石勒）來了，西面的人（劉曜）也一定會來，若等到西面兵到，一城難擋兩面之銳。」

　　喬泰驚愕一下，道：「不知大將軍有何禦敵之計？」

　　靳準向外揮手，命喬泰下去整軍待命。他想先擊退東來的兵馬，但屢出兵搦戰叫罵，石勒堅守營壘不出。脾氣急躁的郭黑略，嘴裡自言自語來到張賓帳裡，請求出戰。張賓道：「是大將軍叫你來找我的？」

　　郭黑略道：「他與王修、徐光在談論為何孫氏之吳在蜀漢滅亡之後還能存在那麼多年，命石會把我推出來了。」

　　旁邊的支雄聽了，呵呵笑道：「推你出來，是讓你回營帳去，可不是來求張公准你出戰的。」

　　張賓看一眼身著戰甲的郭黑略，含笑道：「支將軍說的是，大將軍不發話，我哪敢命你出戰！」

　　郭黑略道：「我這不是受不得那份罵才來找你張公的嗎？我恨不得振臂一呼，讓眾兵卒拿起兵刃出去拚殺！」

　　張賓已經度出石勒為避免那年破洛陽，劉曜忌恨王彌先攻

02　在今山西臨汾東南。

入城那種局面的重演，有意按兵等待劉曜消息，說道：「大將軍命眾將堅守，自有他的妙算，你且勿躁，回去稍息待命。」

郭黑略氣得跺腳出了帳門，張賓擔心他會私自出戰，忙讓支雄去將他穩住。

聽從張賓建言，石勒命張敬督兵進攻平陽東城建春門。這時來了一位朝使，宣漢帝劉曜詔旨：「策命石勒為大司馬、大將軍，加九錫[03]，增封十郡，晉爵趙公。」

石勒由此知道漢國有了新主，立即面北跪倒下拜，道：「賀丞相登極。」拜畢站起轉向朝使，道：「你作速回告陛下，我前已受漢廷恩惠甚多，不敢再領受這些封賞，唯請陛下速派兵助我盡速攻城，以誅滅暴逆。」

使臣看了一眼石勒嚴肅的表情，應聲而去。

說來劉曜承襲漢統乃為大勢所趨。靳準作亂漢國都城的消息傳到長安，劉曜自統三軍赴難，行至赤壁[04]遇到了太保呼延晏和從北邊趕來的征北將軍劉雅，說了劉曜老母胡氏及兄長都被靳準殺害的慘狀。劉曜又急又恨，悲痛萬分，呼延晏則跪地一拜，諫道：「今靳準叛漢篡位，國家無君，丞相當先即帝位，以維繫眾望，才好集兵討逆平亂。」

比呼延晏先一步來在劉曜麾下的朱紀、范隆，也屈膝下跪，道：「如今在平陽的皇族子孫皆歿於國難，唯望丞相承繼漢祚。」

03　帝王賜給有特殊功勳的諸侯或大臣的九種禮器，以表最高禮遇。

04　在今山西河津北。

在這樣一個特殊的時刻、特殊的環境下，朱紀等臣僚擁劉曜行即位大典，改元光初。封朱紀為司徒，呼延晏領司空，范隆以下各仍原職。

劉曜臨危受命，迅疾派遣征北將軍劉雅、鎮北將軍劉策進兵平陽南城的西明門，與直攻東面建春門的石勒軍形成掎角之勢。城裡面的靳氏族人陣腳大亂，只有靳準強自鎮定想出一條離間之計，差遣侍中卜泰把原劉粲所乘紫色傘蓋車輿和冕章服飾送給石勒，欲以天王之位相讓。

石勒、張賓窺透靳準用心，即將卜泰捆綁連同他所送之物一併交給劉曜。劉曜另有玄機，親為卜泰解去綁繩，說道：「靳大將軍也只是做了一件法古廢立故例之事，你速回城傳達朕意，若能早迎大駕，朕赦他無罪。」

卜泰連忙奉承道：「陛下盛德隆恩，聖意一到，他定然奉召來迎。」

劉曜道：「朕也是這麼猜測的。」

卜泰將劉曜所囑傳給靳準，靳準因殺了劉曜老娘及其兄弟，不敢相信這樣的許諾，也怕卜泰別有圖謀，以此相騙，遲延半晌不決。猶猶豫豫到了十二月的一天，卜泰與靳準諸人自天黑進入光極殿一直議到丙夜仍無結果。靳明同意按卜泰傳過來的意思迎駕，靳準面對卜泰，肚裡有話又不願外露，閉上眼睛裝瞌睡，沒過多久就真的睡熟了。將軍馬忠與左衛將軍喬

泰、右衛將軍王騰、衛將軍靳康幾個將領，認為靳準狐疑寡斷，靠他成事的希望已經破滅，若不降必不免禍。於此生死抉擇關鍵時刻，差人將熟睡的靳準殺死，共推靳準委任的尚書令靳明為盟主，再遣侍中卜泰與卜玄奉傳國玉璽獻給劉曜。漢帝劉曜欣喜，道：「使朕獲此神璽者，全賴卜侍中之力也！」跪伏在地的卜泰，道：「陛下過獎了，罪臣能不死就夠了。」

這時石勒已徵調大將石虎率幽冀兩地的兵馬前來會攻平陽，靳明出戰對陣，仗仗敗仗，縮回城裡，已成甕中之鱉。他見平陽城旦夕不保，轉頭呈表降了劉曜。石勒由此暴怒，派遣令史羊升為使，入平陽城詰責靳明、靳康、馬忠諸人謀殺靳準之狀，靳明當下斬了羊升。石勒罵一聲「可惡的靳明敢斬我使臣」，立命石虎、張敬、支雄、王續諸將奮力攻城，靳明率領城中男女一萬五千餘口，從西明門出奔西逃。

逃走了靳明，氣得石勒把諸將召來中軍大帳好一頓責讓，冷哼一聲，道：「這麼多能征善戰的勇將，為什麼連一個不曾怎麼上過陣、打過仗的靳明都斬獲不了？」他緩一口氣，手指石虎：「季龍，你說為什麼？」

石虎低頭，默不作聲。

石勒道：「你帶了幾萬將士，為何連靳明那一點人馬也圍堵不住，讓他跑掉？」

石虎跪下，但三緘其口，不置一詞。

一直在注視石勒的張敬，此時也跪了下去，說道：「有人接應靳明，他叫劉暢，是新主上的征東將軍。吾等當即差親兵快馬來問大將軍如何處置，一直不見回音。後來知道這個親兵走了不遠，馬中流矢，倒地不起，他想劫一匹馬來報，又被那馬上的人打傷了腿，不能行走，這便誤了大事，請大將軍治罪。」

　　石勒愈聽火氣愈大，道：「等不回差出去的親兵，你們是何不親自前來？」

　　張敬啞然失語。

　　張賓向石勒深施一禮，微笑著為將領們講情，道：「沒有斬獲靳明諸人，也算事出有因，明公且饒恕他們幾個吧。」

　　在旁邊的徐光也以為不全是諸將之過，諫石勒不可過多追究。

　　石勒盯住下跪將領，道：「都給我起來，張將軍你差人追蹤靳明逃向何處，速告。」

　　張敬應聲領命，而後一拜退出大帳，派出一哨騎兵，僅過兩日返來報說靳明等人被劉暢帶到行營，劉曜下令把靳明、靳康以大逆不道之罪斬首，其餘的人悉數被殺死在粟邑[05]城外。劉曜隨即遣兵平陽尋找辨認老母胡氏屍首歸葬粟邑，諡日宣明皇太后。

　　聽張敬稟報到這裡，石勒搖頭，道：「這個劉曜，入承漢統的是他，但先帝骸骨暴於郊野他不管，還算個劉姓皇族子孫嗎？」

05　西漢置縣，在今陝西白水西北。

第三十一回　斬準宮變梟戮漢廷　勒曜回師平亂靖民

　　張賓也很有氣，道：「劉曜這個人你我都清楚，不用說他了。」

　　石勒知道這話明是勸慰，裡頭隱著劉曜做人做事的許多不近人情的地方，又不便在眾人面前說出。石勒陰沉著臉氣了半天，領兵進入平陽城，焚毀城內所有宮廷殿宇，命裴憲、石光修復劉淵、劉聰陵墓，又埋葬劉粲家族一百餘屍首，置戍卒駐守平陽。

　　待諸多善後事情處置妥當，已是次年二月底。石勒差遣左長史王修為使，將軍劉茂為副使，趕赴粟邑向劉曜獻捷。這時監守國都的程遐、孔萇派人來見石勒，報稱石勒老娘王氏病危，石勒兩眼不覺溼潤起來，當日辭別眾將，石會一干侍衛扈從乘快騎奔回襄國城。

　　報說病危，實際上王氏已無疾而終。

　　沒有見上老娘最後一面，石勒心裡留下一個無法彌補的遺憾。

　　老娘長辭，石勒身穿縗絰，讓程遐、孔萇、石會奉隨，前來後宮看望一生受苦受難的娘。當他走進掖庭門，一眼看見仰躺在臥榻的娘親王氏遺容時，撲通一跪又叩頭又哭，道：「娘，孩兒來遲了。」

　　回首前塵，桑梓故土，石勒痛惜娘生前，多蹲在灶邊啃鹿肉，娘只喝煮骨頭留下的清湯寡水；想起他八歲那年的一個雪

雨天，明知他連一雙破爛草鞋都沒有，爹非要逼他放牧不可，是娘燒柴火照明，整夜為他編織了草鞋；想起那年與娘因飢餓出逃走在松門嶺遇上官兵抓人，娘用樹枝抽打他的背脊，嘶聲大喊，「快走，給娘走得遠遠的」。喊聲猶迴蕩在耳邊，娘卻瞬間歿了，這使他傷心難過，幾多墜淚……

程遐看看傷感在地的石勒，趕快將他攙起，連聲勸慰，但是石勒有著難以隱忍的悲傷，他又鄭重地雙膝跪地向故世的娘行過大禮，召來劉氏、程氏兩位夫人和侍婢，問道：「我娘臨終前有何囑咐？」

程氏哭著，說道：「娘前幾天還說等你回來，送她回故里去看望鄰里故舊。」

石勒問道：「也只是回去看望？」

程氏道：「娘說她與羯室後院寡居的劉嫂私交甚篤，時常唸叨借劉嫂家兩升秕穀，預備償還人家時，劉琨強行把她拉到晉陽去了，這一走就是幾年。我說沒還就沒還吧，不就兩升秕穀。這等小事，娘不用掛在心上。娘說這倒也不是小事，那等大災年頭，有那麼一點秕穀，能活幾條命呢。何況當初娘求人家借給的，不還不叫理。」

石勒道：「這事娘親囗對我說過，得還，過幾天差張越過去。娘還說什麼了？」

　　劉氏道：「娘說她偌大年紀的人了，死也沒什麼可惜，只是放心不下虎子。」

　　石勒驚訝地看著劉氏，道：「虎子讓娘有何不放心的？」

　　劉氏看著程氏，道：「你記不記得，有一回說到虎子，她說也該有個妻室了。」

　　程氏道：「是了，娘憂心的是還沒幫虎子成家。」

　　石勒道：「兵營裡征北將軍郭榮的小妹尚未婚配，把她聘給石虎為妻如何？」

　　劉氏連忙搖頭，道：「這怕不妥。聽有的將士說虎子已寵幸一個變童[06]，隱在鄴城宮裡，恐他不願聘娶別的女子。」

　　石勒道：「此事由不得他。爹娘故世，兄長為大，我做主。」

　　石勒抬腳朝門口一邁，又轉身問道：「除了惦記虎子婚事，沒有別的了吧？」

　　程氏道：「娘希望薄殮薄葬……」

　　母命不可違，石勒決定先辦喜事後辦喪事，立命快騎趕赴平陽軍前召回石虎，在襄國宮宇為石虎舉辦過新婚典禮，第二天將王氏密葬。史載：「勒母王氏死，潛窆山谷，莫詳其所，既而備九命之禮，虛葬於襄國城南。」

06　這裡的變指相貌美，童指少男。寵幸變童是漢至魏晉風行的一種畸形戀情。

第三十二回

曹舍人妒使累親族 劉太尉作詩抒蒼涼

第三十二回　曹舍人妒使累親族　劉太尉作詩抒蒼涼

　　殯葬了老娘王氏，石勒又陸續將屯紮在平陽的大軍撤回，仍不見出使粟邑報捷的王修、劉茂二人歸來，是哪裡耽擱了？

　　事情的變故不在王修、劉茂，而在劉曜。那天王修一行來到粟邑，劉曜恰恰離開這個偏僻的山間小城回兵長安。待王修、劉茂趕到長安城，又逢上劉曜連日設朝議事，他們只好覓了一個大戶人家住下來等候。

　　待至數日後的旦食時分，來了一位朝官，身後四個侍衛護隨。非常熟悉宮廷冠佩服飾的王修，見這位朝官頭戴三梁進賢冠[01]，冠上加金附蟬，大袖博帶，襦袍曳地……才預備俯身行禮，那朝官略一俯首，說道：「這幾日設朝議定了幾件大事，無暇早日敬待爾等，望能體諒。」

　　站在最前面的一位侍衛看出王修、劉茂有些發愣，便把劉曜君臣連日所議之事說出一大串，而王修、劉茂聽得最清楚的是，平陽宮宇已毀之一炬，劉曜定都長安；聽從司空呼延晏的提議，頒詔說光文帝劉淵曾受封盧奴伯，劉曜又受封過中山王，盧奴、中山古為趙地，應改國號為趙，由此漢變為趙，劉曜成為趙國皇帝，冊封先前從京師洛陽搶來的羊氏獻容為皇后，立劉熙為皇太子，其餘皇子劉襲、劉闡、劉沖、劉敞、劉高等和宗室子弟皆封了王；劉曜還對百官說今大難過後，綱紀損壞，禮儀荒廢，制度不振，命署賢才以綱維王室，復興社

01　古代進賢冠之一種，上綴梁分別等級，以三梁為貴，即公侯品階的官員可以冠三梁進賢，魏晉因襲此制。

稷，范太尉便是這時進入宰輔之列的。

　　這位侍衛語意一轉，道：「郊祭、朝會一個接一個，一直延續到今日，陛下欽點范太尉來接二使上殿。」

　　所說的這位范太尉，王修雖然沒有見過面，知道他叫范隆，忙與劉茂彎腰兩手相接前拱深揖，道：「怎敢勞太尉大駕來接吾等！」

　　范隆倒也謙虛，微笑還禮，道：「我可不敢怠慢了石公的來使。」

　　王修、劉茂隨了范隆來到殿堂，趨步近前，出言稱臣向趙帝劉曜行過君臣大禮，將石勒奏表呈遞上去，劉曜展案親覽。見那表文言辭謙遜，心下喜悅，即遣侍中郭汜持節赴襄國城授石勒為太宰，領大將軍銜，晉爵趙王，封王修、劉茂為列侯。

　　王修、劉茂跪拜謝恩起來，住進館舍，等待劉曜還有什麼吩咐。

　　石勒有個舍人[02]，姓曹名平樂，不久前派到長安做事。劉曜聽說石勒麾下多有才高智多之士，命人召來曹平樂談了些軍國大事，見他頗合口味，也留住在館舍。這天晡食，見王修、劉茂只是做了做使臣就步入侯封之爵，連飯食都要高出自己一等，曹平樂心裡很有些不平，偏偏那劉茂向他招手，想讓他到自己與王修這邊的膳几上來。王修只是低頭進食，沒有什麼表

02　官名，始見於《周禮・地官》，除清朝外，歷代都有設，職權不一，爵祿在五至七品。

第三十二回　曹舍人妒使累親族 劉太尉作詩抒蒼涼

示，更使曹平樂既恨石勒沒有把使臣這等差事給了他，又恨王修剛封了列侯，倒看不起他了，逕自暗哼一聲，道：「若不是求我說通太夫人（石勒之母王氏）在石勒那裡進言，你王修哪來的左長史。」

從這天起，曹平樂每天旦食之後，就來到從寢宮往殿堂去時要經過的甬道旁，等待見劉曜。第三天才看見劉曜身著長袍款款走來，他迎上前去跪倒叩拜。扈從在劉曜身邊的那個侍衛唰地一下竄到前面，拔出佩劍指住曹平樂逼問：「什麼人？」

曹平樂忙道：「是我，是我——曹平樂求見陛下。」

侍衛道：「見陛下，有這等見法嗎？說，到底是什麼人？」

劉曜向前瞄了一眼，道：「他是朕的客人。」

侍隨在後面的幾個侍衛也都圍了上來，跪下道：「陛下，此人是從那邊撲過來犯駕的。」

劉曜怒道：「朕說過了，他是朕的客人，扶他起來！」

跪在地的曹平樂，一抬手把侍衛推開，賭氣自己站起，跟在劉曜身後，走進殿堂。劉曜剛坐穩屁股，曹平樂就朝他跪下，道：「今日旦食，石大將軍派來的那兩個使臣，說話的時候遮遮掩掩，好像怕小臣聽見。」

劉曜問道：「說對朕不恭的話了？」

曹平樂道：「小臣沒有聽真切，不敢瞎說。按小臣在石大將軍身邊素來所悉，他最大的能耐就是惹是生非，找人麻煩。有

人背地裡送給他四個字，叫『生事禍端』。此番遣使來獻捷，看似恭敬臣服，究竟是真心還是假意，還很難說！」

目光盯在內使呈上案面的西征將領們稟報戰事奏表的劉曜，以一種很隨意的口氣，說道：「大髯（因石勒多髯，劉曜常這般稱他）其心不善？」

看出劉曜已不在意他說話的樣子，曹平樂心裡妒忌，說了狠話：「只恐實為刺探軍情，待王修、劉茂回去稟明虛實，會不會有所行動？因為石大將軍慣用伎倆就是先窺而後舉。」

經此一說，劉曜當下想起以前石勒派王子春一行出使幽州探察王浚虛實的事，便信以為然，抬頭道：「你所見在理，朕差點中了大髯詭計。」

劉曜感謝曹平樂的進言，把寬袂一擺吩咐殿中都尉，道：「去，把朕的客人送到館舍，命館舍主事好酒好肉待承。」

站在下面的彪形都尉，遵命領了曹平樂出殿。劉曜一面下令出輕騎追還侍中郭汜，一面派兵闖入館舍拘拿王修、劉茂。王修怒顏直對那些兵卒，道：「為什麼無故拿人？」

率領這些兵卒的是一位身著都尉服飾的人，他向王修面前大邁一步，陰冷一笑，說道：「我可以告訴你，有人劾奏你是那邊派來窺我軍情的細作，這個人就是他。」

王修轉身看一眼都尉用下頦所指的方向，適逢曹平樂猛一扭臉鑽進三號屋裡。王修朝三號屋門吼道：「陛下居然受這等

179

小人的蠱惑！」

　　都尉怒道：「你敢誣罔聖聰，綁了！」

　　劉茂擋一下那些兵卒，道：「什麼叫誣？虛構罪惡加害於人者叫誣。放著進讒言的小人不去追究，偏來拘拿我和王修這些使者，陛下白讓你著了這身戎裝。」

　　都尉咆哮道：「狂夫，統統綁了問罪！」

　　王修雙手已被反綁在背後，他以眼色暗示劉茂，道：「去門外取來我的證件，讓這位都尉驗證一下我們幾個確是使臣，不是細作。」

　　見劉茂愣著看他，王修又使了使眼色。劉茂明白了王修之意，憑仗自己的一身功夫逃出館舍隱藏下來。

　　拘捕石勒使臣的風聲傳出，太尉范隆的侍衛向他做了稟報，他馬上想到當今大難剛過，人心不穩，怎可在這種情形下去冒犯石勒的使臣呢？於是立命候在身邊的侍衛備車來見司空呼延晏，說道：「當初，是我把王修幾個引見給陛下的，石世龍若知道了這個情節，不怪我有意要害他的使臣嗎？更何況說王修是細作者只是那個姓曹的一面之詞，並無真憑實據。不行，不行，呼延公你得助我覲見陛下，諫他放了王修一行。」

　　呼延晏嘆一口氣，道：「憑眼下之勢，是不可與那石勒結怨，但我聽說陛下甚怒，諫有何用？」

　　范隆憤然，道：「我以為你是歷朝勳舊，是個老臣，能想到

180

放不放歸石世龍使臣的利害，誰知你糊塗得這麼厲害。」

范隆也不說告辭，掉頭出來獨自上殿要見劉曜。劉曜吩咐門吏問明是來諫他放歸石勒使臣的，就傳出口諭：「一律不見。」

趙帝劉曜擔心會有更多的大臣前來阻撓這件事，立即下令將王修斬首。

※

屋外細雨霏霏，雲黑地暗。

受石勒差使，石會出去轉告張賓明日派人前往平陽，打聽一下王修數人是否還耽擱在那裡。他朝帳門外一邁步，咄的一聲被絆跌倒。他邊站起來，邊叫喊道：「死人，有死人，他怎麼死在這裡了？」

喊聲從嗓門而出，附近宿衛和巡夜的兵卒聞聲趕來。石勒提一把劍也跑出來看，道：「哪個亡命之徒，敢把人殺在我門前！」

一個宿衛兵卒抬腳，要朝斜倒在地的人蹬去。石會抬手一止，彎下腰看去。這人衣裳全溼透了，頭髮像蜘蛛網一樣爬在臉上，石會轉動一下這人的臉，道：「這人……劉茂？怎麼是……是劉茂將軍，快來人！」

石勒向屋裡叫了一聲，讓伺候的侍兵秉燭來看，確是將軍劉茂，召來醫者急救。劉茂悠悠醒來，看了一眼石勒，放聲大哭。石勒問道：「你回來了，左長史為什麼沒有回來覆命？」

第三十二回　曹舍人妒使累親族 劉太尉作詩抒蒼涼

劉茂哭聲中夾著一句話：「陛下把他斬了。」

石勒縱身拖起劉茂，道：「斬了，劉曜下令斬的？」

劉茂點了一下頭。石勒的手向外一推，把劉茂推倒在地，又趕忙扶他起來，急道：「你說，劉曜斬他什麼罪名？」

劉茂道：「誣我們是細作，去探他軍情虛實的。」

石勒縱一下眉，道：「這是劉曜親口說的？」

劉茂道：「是拘拿吾等的都尉說的。他說向陛下奏說我們一行名為獻捷使者，實為細作的人是曹平樂。」

聽完王修被殺細情，石勒義憤填膺，道：「我石勒統領將士征戰強敵，以殊死之力為漢室略地拓疆，成就彼之基業者，皆我兄弟之力，已盡到人臣之道了。你劉曜如此不義，剛得志，便欲相圖，殺我奉誠之使，也太欺負人了，但我石勒不是王彌，不會任由你來欺負。」他把已經插入腰間的佩劍重又拔出來，拿在手上，說道：「石會，你速傳令季龍發五萬精騎，隨我領兵攻入長安，殺死那個不仁不義、害我良將的昏君！」

石會跪下，道：「這不是頃刻可行之事，請大將軍從緩考慮。」

石勒看他一眼，拔腿朝門外走去。

劉茂上前跪勸，石勒把劍擱在他的脖頸上，吼道：「休要攔我！」

劉茂直挺不動，石勒猛刺一下，劉茂脖頸上瞬間被刺出一

道血口子，道：「我可憐你剛死裡逃生回來，先留你活著。」他繞開劉茂前走。

這時石會趕上來，撕了一片內衣衣袂幫劉茂綁在脖頸的傷口上，道：「如果你還可以走，在後面跟住他，待我去請張公。太夫人走了，於今能諫止他的只有張公了。」

石會請了張賓小跑追上石勒，勸說半天才算讓他停住腳步。細細的雨絲還在飄灑，張賓仰頭朝向天空，說雨下大了，把石勒強拉回屋裡，深躬說道：「王修遭讒被殺，將明公您殺疼了、殺醒了，知道自己當自強自立了。劉曜殺我使臣，理屈在彼，趁釁起兵，亦無不可，然張賓暗使人做過精細探察計算，劉曜此時兵力在十五至二十五萬之間。我出兵少了不行，多了也不行，只要他不東略我地盤，且讓他再臨軒發號施令幾日也無妨。」

石勒道：「你這話怎麼說，是何少了多了都不行？」

張賓直直腰，微笑道：「兵少了，滅不了他；出兵多了，我都城空虛，將有根基不保之憂 —— 亡我之心不死的劉琨與段匹磾在北，忠於晉廷的邵續在東，都距我（快騎）半日之程。如若大兵西出，襄國城不就危險了？」

石勒道：「可我……我這口氣……」

張賓道：「先擱在肚裡，用幾年工夫消滅劉琨、段匹磾、邵續、曹嶷之流，而後滅劉曜。」

第三十二回　曹舍人妒使累親族　劉太尉作詩抒蒼涼

看見石勒不說話，張賓馬上吩咐：「石會將軍，讓侍兵送些湯水來給明公。」

石會度出張賓用意在為石勒消氣，親自取來一碗溫湯奉上，石勒放下劍端起陶碗啜了幾口，道：「這日子太長，會使進讒者與下令殺王修者，也活得太長。」

扭身鑽進三號屋裡的身影，此際還留在劉茂的視線裡，他俯身參禮，說道：「末將想，即便不容易一下殺了他（劉曜），可先捉來曹平樂，請大將軍允我去一趟。」

石勒平伸出一隻手，制止道：「曹平樂在我身邊多年，深知我最恨那種暗中害人的小人，怕我派人殺他，估計已經逃亡或藏匿了，甚或劉曜為了消弭我對他的仇恨先把曹平樂殺了。還有，萬一暴露了行跡，反會落入劉曜之手，再把你這條命也送給他？我捨不得。」

小人當誅。多少日子以來，劉茂心裡一直懷著這種對小人的仇恨，說道：「為了討伐小人，以彰正義，即使死在長安，也死得其所。」

劉茂的一番話感動了張賓，他向石勒揖禮，道：「張賓欽佩劉將軍一腔豪氣，可以讓他去，但要做得隱祕。」

石勒攢眉思索了半天，道：「不如拿曹平樂一家老小做人質，他不來請罪，先滅他滿門。」

張賓派兵拘押了曹平樂一家，隨後差遣劉茂領騎兵百人去

了長安。劉茂先探清曹平樂依然住在館舍三號屋室，心裡罵道：「曹平樂狗賊，我捉定你了。」

當天天黑，劉茂把眾人隱蔽在東城門外的路旁，只帶八個彪形大漢潛至館舍茅草棚背後，等子夜過後，偷偷進到三號屋前撬門突入，捆綁了曹平樂裝入布囊，扛出館舍放進馬車上載的空棺柩里拉了出來，長安城門會齊眾人，一口氣快奔至潼關，趙國騎兵將領劉暢的追兵從背後趕上來。混戰中，劉暢發出一箭，劉茂右臂受傷慢了一步，被他奪走了曹平樂，劉暢道：「劉將軍你回去對大將軍說吧，曹舍人已不認他這個主子了。我把他帶回長安，有的是榮華富貴。」

劉茂帶領殘兵回到襄國城，一同跪倒在殿堂門外廊階之下請罪。

石勒在張賓、張敬、石會陪同下走出殿堂，望了一眼個個帶傷的這些人，慌忙順廊階往下走。跪在前面的劉茂叩頭至地，說道：「末將劉茂沒有捉來曹平樂，還死傷了許多兄弟。其罪在劉茂一人，請大將軍赦免眾兄弟，只拿我劉茂動刑就可以了。」

劉茂言語低沉，但強烈地震撼著張賓的心，覺得自己有失機算，沒有在路途中間安排接應，他愧疚地跪下，道：「此失在張賓，應承擔全責。」

石勒的心也被牽動得顫抖了一下，他彎腰雙手去扶張賓，道：「右侯請起。」

　　扶起張賓，石勒又向前一邁把劉茂攙起，道：「我要的是像你這樣寧願一人領罪，不願累及部眾的愛惜士卒之將，安忍治你之罪？起來，諸人都起來下去療傷。」

　　劉茂眾人拜道：「謝大將軍。」

　　但是，曹平樂叛變，出賣了報捷使臣，王修血染長安，石勒恨氣難消，下令盡誅曹平樂族人。

　　※

　　冤殺王修一事，讓石勒與劉曜之間留下絕難彌合的裂痕。

　　石勒還是堅持將兵西出，與劉曜來一場血雨腥風的決鬥，張賓則重複說先鏟平東、北兩面之敵而後西伐。石會看看兩人臉色，本想靠近張賓勸他不可堅持己見，又覺得他說得在理，而諫石勒以張賓之意而行，又沒有這個勇氣，於是扭身站到套掛衣甲的杙旁，把掛在杙頂端的兕皮盔甲往左邊一轉，向右邊一扭，排遣心中的無奈。

　　石勒瞟一眼石會，命他傳令各營預備乾糧、器械，待命出兵長安。石會聽了轉身看向張賓，張賓低頭不語，局面有些僵。這時候，門吏把將軍孔萇差使送來的奏表呈上石勒几案，略陳東晉元帝司馬睿詔命劉琨為太尉、廣武侯，授段匹磾為渤海公。為報答司馬睿的敕封，段匹磾突發奇想，推奉劉琨為大都督，自為其副，聯名發出檄文集州郡之兵會攻襄國城，今已

領兵南出屯縶固安 [03] 等待各路兵馬到齊。

這是劉琨逃到薊城第二次發動南討石勒之舉。深溺於政治鬥爭的劉琨，剛到薊城那時候與段匹磾盟誓共扶晉室，邀太尉豫州刺史荀紀、鎮北將軍劉翰、廣寧公段涉復辰、遼西公段疾陸眷、冀州刺史邵續、兗州刺史劉廣、東夷校尉崔毖、鮮卑大都督慕容廆以及與石勒有隙的原王彌部將曹嶷等，議會擁戴司馬睿討伐石勒，派部屬溫嶠奉表通告建康，卻因人心不齊，自行散夥。這一次，雖然沒有事前聚攏共議，反比頭一次來得迅速。劉琨、段匹磾和遷居遼河下游、遼西一境的鮮卑段氏各部首領已隨部眾到達固安，兵鋒士氣頗盛。

石勒見孔萇奏表說到段氏鮮卑各部兵將都願追隨劉琨、段匹磾，以為其勢頭不小，道：「劉琨不會有更多兵力，我擔心的不是他。」

張敬覺得話頭來了，以眼色默約張賓借北面的事，來緩衝石勒執拗西去戰劉曜的那股不平心氣，問道：「大將軍您擔心的不在劉琨，又在哪裡？」

石勒道：「東部鮮卑勁健，騎兵更是勇猛。我大軍從平陽歸來尚在休整之中，恐怕不足以應付東部鮮卑幾個部屬的精銳騎兵。」

03　在今河北易縣東南。

張賓向石勒拱手，道：「明公莫慌。凡事審於機宜，慎於舉措，待張賓以明公名義差使去見段末丕，讓他從中間開段氏鮮卑諸部族。鮮卑兵馬一離，劉琨營壘必不能持久。」

張敬想，按舊有的恩情段末丕應當出這份力，可不知他有沒有別的顧慮，說道：「段末丕在段氏鮮卑的幾個首領面前可是小輩，那幾個人能聽他的？」

几案上孔萇送來的那卷奏表響動了一下，聲音雖很低沉，但伺候在旁的石會和那些侍兵都聽見了，便轉身看去，只見石勒猛吐一口氣，揮手道：「不論他在不在乎這份恩情，都得遣使去見他。他若敢拒見我的使臣，我立刻與他絕交。」

又要接話的張敬，這時候看見有人招手把石會叫到門口，道：「豫州刺史桃豹將軍來使奏事，不知此時可否進見大將軍？」

石勒的視線越過石會，看見頭戴卻非冠的門吏和旁邊的那個背著灰布包裹的人，當下手勢向外猛一擺，喝道：「時下顧不了南邊，走開！」

因為石勒這時候所期待的，不使段末丕間散段氏鮮卑諸頭領，不足以洩劉琨之氣；不使段末丕重創段氏鮮卑傾注全力經營的那支精銳騎兵，不足以弱段匹磾之勢，說如能使諸鮮卑諸首領散夥，劉琨恐怕再沒有機會重新將他們鼓動聚攏到一起來了；段匹磾的強勁悍猛騎兵一垮，北面、東面的兵戎就不至於殃及我都城之安了……石勒站起來，聳肩微笑，道：「到那個時

候，情勢反過來了，段匹磾、邵續、曹嶷幾個會成為我大軍口中的肉，一口一口將其吃掉，那時即可趁勢轉頭西擊劉曜。」

這一盤算，觸動了張敬、張賓的心扉，啪啪啪地拊掌稱讚石勒的遠見，道：「是是是，就得有這般雄心大略。」

石勒搖著一隻手，道：「這等誇獎到此為止，待悉平北方慶功的時候，任你們幾個怎麼誇都行。」

按照石勒的授意，張賓立刻差遣參軍王續攜帶書信出使令支，去見段末柸。此時的段末柸，既感懷石勒的不殺之恩，又想乘隙侵奪段匹磾的地盤。他看過書信，笑著向王續施禮，道：「諫本部幾位頭領離開劉琨、匹磾，不過幾句話的事情。」

王續心裡覺得他有點吹牛，嘴上卻道：「那段匹磾的騎兵呢？」

段末柸道：「也包在末柸身上。」

大概看出王續一副不大相信的表情，段末柸抬手吩咐侍兵：「去取一套戎裝來。」

侍兵把戎裝拿來，段末柸遞給王續，王續道：「鮮卑服？」

段末柸微笑著，道：「換上，隨我去固安。」

王續看一眼段末柸，穿了這身鮮卑服，跟隨段末柸馳抵固安，背著劉琨、段匹磾進入他兄長遼西公段疾陸眷和叔父段涉復辰的兵營大帳，向他們行禮，段疾陸眷問道：「你也接到他們（劉琨、段匹磾）的檄文了？」

第三十二回　曹舍人妒使累親族 劉太尉作詩抒蒼涼

段末丕微微一笑就繃了臉，道：「小弟接是接到了，可小弟沒有興趣去為別人謀功勞。」

段疾陸眷聽他的話意不對，狠瞪了他一眼，歪著脖頸看段涉復辰，道：「匹磾什麼事惹他了？」

段涉復辰攢眉一想，道：「我不記得有什麼事。」

俯身向他們行禮的段末丕說道：「他沒有惹我，是小弟以為你們以遼西公兄長與父叔之尊，為何要聽從匹磾的擺布提兵來會？」

段涉復辰看看段末丕，道：「那檄文不是說要征討石勒嗎？我們想助他成功。」

段末丕道：「你以為那石勒真是個不堪一擊的草莽漢子？」他高仰起臉，冷冷一笑，又道：「你們也不想想，且不說討伐不了石勒，即使一旦有所斬獲，其功歸之匹磾、劉琨，你們能得到什麼呢？」

段疾陸眷抬手指向段末丕，道：「你什麼時候變得不為本邦而為石勒謀事了？」

段末丕道：「看你這話偏到哪裡去了，小弟怎麼能為他謀事！」

段疾陸眷道：「聽你的口氣好像在為石勒說話。」

段末丕呵呵一笑，道：「不是為誰說話不為誰說話的事，小弟只想告知你石勒絕不是草莽武夫，他的頭腦聰明得很，攻伐

機謀當今天下第一，眼下沒人能超越他。跟了劉琨、匹磾硬要去攻打石勒，不知道要葬送多少將士的性命。」

聽了這些規勸，段疾陸眷低頭陷入猶豫。他早暗自忖度匹磾好高騖遠，時常想著一步踏至江東，去做朝廷的輔臣，可司馬睿身邊的那些寵臣能容他爬上去嗎？這想法不現實，能張揚族威的還得靠末丕。猶豫之下，他用眼神把段涉復辰約過一旁，低聲商議半天，藉故向劉琨、段匹磾辭別而去。

段疾陸眷、段涉復辰兩人一走，劉琨、段匹磾勢孤力單，不敢久留固安，撤軍回了薊城。王續回襄國城覆命，將親眼所見段末丕如何說服遼西鮮卑諸首領的事詳陳之後，道：「大將軍當初釋一人，如今勝過十萬兵。」

石勒手撫鬚髯微笑，道：「嗯，算他知恩圖報。下一步就看他對段匹磾的騎兵能不能下得了手，他與匹磾可是親族堂兄弟呀！」

說過這話不到一個月，派在幽州的偵探果然報來段末丕大敗段匹磾的消息。事在段疾陸眷與段涉復辰回到今支整飭軍旅期間，段疾陸眷忽然得病去世，段匹磾率兵回去為兄長奔喪，段末丕對段涉復辰道：「他（段匹磾）是回來篡位。」段涉復辰認為段末丕所言在理，即與段末丕帶兵南發，在右北平[04]一境設下埋伏，把段匹磾打得大敗而逃。劉琨派在段匹磾兵營裡的兒

04　戰國燕置郡，此時郡治在今河北豐潤東南。

子劉群被俘，段末丕說如果劉群能寫一封書信勸說劉琨與他共討段匹磾，他可以推薦劉琨做幽州刺史。劉群以為他父親若能藩鎮幽州，也算失中有得，遂依段末丕之意寫了手書，但傳遞此書之人半路被段匹磾的部卒抓獲。

自來到幽州，劉琨一直屯紮在原鎮北將軍處所小城，今天來見段匹磾商量征守大事的時候，段匹磾拿出劉群書信遞給他，道：「請劉公覽一眼我無意中得來的這封書信。」

劉琨凝神靜看，大為驚異，半晌無語，段匹磾微露笑顏，道：「大出劉公你的逆料吧？」

對此書信，劉琨原本一無所知，他坦誠道：「我與段公盟誓共雪大晉恥辱，即令小兒的手書密達我手，也終不會以一子之私而負公忘義。」

十分欽敬劉琨的段匹磾，邊看劉琨臉色邊不住地點頭，道：「匹磾不懷疑你參與此謀，才以真情相告。」

劉琨又覽一遍那書信，道：「這字跡明顯是小兒親筆。知子莫如父，我不是袒護他，我估計沒有段末丕的威逼，他不會寫出如此書信來。」

段匹磾擺了一下手，道：「劉公不必說了。末丕用反間計構陷你我，從中得到他所得。」

劉琨強自歡笑，道：「虧得段公不計此嫌，不然你我之盟到此就完了。」

段匹磾也一笑了之。

劉琨見兩人情好如初，站起俯身拱手告辭，只是此際麻煩來了——段匹磾的弟弟段叔渾，帶著一個兩頰黑裡透紅的短鬚部將從裡屋走出來，把劉琨一擋，轉身拉了段匹磾背過一邊說要把劉琨殺死。段匹磾擺手，道：「你別忘了，劉公可是為兄我請來的。現下出於私心又想將他害了，這乘人之危的事，你我焉能做得出來！」

段叔渾搖搖頭，道：「道義是如此，但對他不能講究這個了。有人和我說過一個比喻：屋牆不管石壘的土築的，能擋風就行；如今它連風都擋不了，還留它做什麼？」段叔渾陰冷的臉一擺，一隻手在前面把段匹磾往裡屋推，一隻手伸在背後指使短鬚部將拔出腰間佩劍去捉拿劉琨，急得段匹磾大聲斷喝，道：「你怎麼可以這樣？」

段叔渾道：「你怕擔不義之名，我可不怕。他今日既然來了這裡，還能讓他走掉？」

段匹磾被堵在裡屋，外面劉琨喊叫起來，道：「段公，段公，我劉琨今日是亂世求生，你可不要讓叔渾公為難我。」

段匹磾心緒不寧，移動腳步朝外探望，望見段叔渾的那個部將押了劉琨邁出廡庭門外，他將滿是愧色的臉往裡一扭，肩膀靠著門垛站定直搖下頦。

守候在原鎮北將軍處所小城的劉琨長子劉遵，久等不見劉

琨回來，就帶著侍衛騎馬出城去接。沒走多遠便望見劉琨貼身侍衛朝這邊飛馳而來，到了劉遵身前下馬跪地稟報了劉琨被拘押的消息。劉遵聞聽身體一顫，頹然要掉下馬來，隨行侍衛急忙上前扶住，道：「少將軍您……冷靜……」

陡然生變，隨從的人都惶遽失措，劉遵又情緒急躁，鞭打坐騎要去救劉琨，幾個侍衛拚死堵在馬前勸他返抵小城，召來左長史楊橋、并州治中如綏一干人計議救應之策，從事中郎盧諶道：「可不可借遼西鮮卑單于段末丕之力來救？他與段匹磾已成冤家對頭，能求他出兵，太尉方可有救。」

處於極度悲憤與無奈中的劉遵撲通朝盧諶跪下，盧諶去扶而沒有扶起來，只得雙膝一屈向劉遵跪下，道：「您且請起，有話好說。」

劉遵叩頭至地，道：「我替爹請你快騎趕往令支，去見世子，讓他出面求末丕發兵救人。」

盧諶挽起劉遵，行禮道：「我去。」

劉遵憂心惙惙，送走盧諶以後，馬上又想到段匹磾會帶兵來攻城，即刻下令緊閉城門自守。

※

被幽禁的劉琨，孤零零一人待在一處冷屋，只有一個年紀不大的膳童，每日旦晡二時為他送些粗食。劉琨問他叫什麼名字，他伸了伸右手，劉琨看見他那隻手的小指頭上又長著一根

小指頭，道：「你叫小六指？」見膳童點頭，劉琨就又說道：「小六指，沒有匹磾的話，你連一口水都不敢拿給我？」

連隔兩日，天黑下來，膳童送來了飯食，食物下藏了一個極小的陶碗，裡面盛著水，不夠喝兩口，他對劉琨說道：「碗是我爹拿給我的，我爹說您是個英雄。」

劉琨嗓子乾得直冒煙，急著要喝水，端起那個陶碗一口氣喝下，鬱鬱嘆道：「什麼英雄，是狗熊。你看我這個樣子，長髯，滿臉汗垢，還不跟一隻黑狗熊一樣！唉，你爹是誰？」

膳童道：「我爹叫老爹，他手下的兵都這樣叫。」

身陷禁屋的劉琨，已經感到沒有生還小城的希望了，卻只是憂慮子姪及僚屬們的安危。他走向極小的獨窗前，憂悒的眼神朝外望著看管他的兵卒和那些被踩萎了的草，又看一眼困在這裡的自身，正想發「生，性也；死，命也，余何憂哉」這樣的幾句感慨，此時膳童送飯食開門進來了，道：「太尉又想從窗戶處看到些什麼呢？可是那窗從外面斜堵了一塊又厚又大的方木，外面有些舉動您看不到。」

劉琨從他的口氣裡嗅出了些什麼，又沒辦法直接問，便道：「哦，小六指，你爹又讓你拿來水了？」

膳童搖頭道：「我爹不在，他領兵打仗去了。」

劉琨離開窗戶走過去，道：「你爹是奉命出征，你不可亂說，讓他們知道了可輕饒不了你。」

第三十二回　曹舍人妒使累親族　劉太尉作詩抒蒼涼

膳童有點同情起劉琨來了，道：「可是……可是小人見您圈在這屋裡太悶了，外頭的很多事您不知道，像朝廷那邊一個叫王處仲的人給段公的信您就不知道。」就在劉琨想著是不是王處仲與段氏兄弟聯手加害他之時，膳童又說他取飯食路過段匹磾門口，聽見段叔渾說辟閭、王、韓與他們的人都被滅了。

聽了這三個姓氏，劉琨當下想到的是代郡太守辟閭嵩、雁門太守王據、後將軍韓據起兵救他，而遭到殺害。他感到這對他來說是好事中的壞事，它加速了段匹磾對小城的攻擊，加速了他的死期，他好難過……

知道他的生命無多了，劉琨僅作五言詩一首贈從事中郎盧諶，詩曰：

> 功業未及建，夕陽忽西流。
> 時哉不與我，去乎若雲浮。
> 朱實隕勁風，繁英落素秋。

作詩畢，他將筆一扔臥倒在榻上，似乎除了等死再也沒有心思去窗戶看外面的世界、去想別的什麼事了。膳童送來旦食，劉琨看都沒看一眼，讓他放到盤在屋中的土炕上。膳童剛放下飯食，段匹磾就帶了一幫武士進來了，道：「取劉公性命原非匹磾所願，可是聖上詔令賜你死，匹磾不敢抗命留你活。」看一眼土炕上的飯食，段匹磾呵呵笑道：「臨死不能當個餓死鬼吧？你起來，飽食之後受刑。」

躺在臥榻的劉琨沒有動，只用仇視的眼睛略一瞟段匹磾，憤然道：「不用了，餓鬼飽鬼都是鬼，沒甚差別！」

　　段匹磾嚴厲的臉色朝眾武士一斜，頃刻將四十八歲的劉琨縊死在臥榻上。

　　同時遭殺害的，還有劉琨子姪四人。

第三十二回　曹舍人妒使累親族　劉太尉作詩抒蒼涼

第三十三回

群臣勸進石勒稱王 逢召赴宴李陽封官

第三十三回　群臣勸進石勒稱王　逢召赴宴李陽封官

　　朝霧漸退，東北面碧藍的晴天越露越大。

　　旦食過後，宮廷大內的殘留溼氣也已消散。石會踏著清淨的甬道從寢宮扈從石勒朝殿堂款款走來，說道：「張公讓我轉告大將軍，段匹磾縊死劉琨，他的部下懷疑他體恤將士的真誠，很多人產生了另擇其主的想法。段末柸探聽到這一動向，派他弟弟猛攻薊城，段匹磾大敗之下欲奔冀州，路過鹽山[01]時遇上我石越將軍的阻擊，又退縮回薊城去了。」

　　石勒微笑著，道：「這說明段匹磾已失眾望。」仰臉望一眼晴空的太陽，道：「我復得幽州之日不遠了。」

　　他的腳步輕鬆下來。走到殿門口，站定看了看裡面還沒有人等待他議事，轉臉吩咐石會知會張賓，讓他差遣石虎出兵朔方，免得屯聚那裡的鮮卑首領日六延將兵馳援段匹磾。見石會點頭應承下來，自己回返去了劉夫人掖庭。前天，他攜妻兒到城南拜謁了老娘王氏陵墓回來，劉氏一直哭哭啼啼，他想抽點時間來陪陪她。

　　他一進門，劉氏和她的侍婢一起跪下禮迎。程夫人的貼身侍婢，把石勒前來看望劉氏做了稟告，程氏就領了這個侍婢來到劉氏掖庭下跪拜見。石勒彎腰去扶劉氏，又將程氏扶起，一同坐了。劉氏來自農家，出身寒微，品行高尚，居身儉素，布衣扉履，平淡做人，理智處事。程氏妝容頗為講究，時常珠玉

01　在今河北鹽山東南數十里之地。

環佩，衣袂飄飄。此刻她依然保持著她那種比較高雅的風度，頭上步搖髻，身穿一襲間色襦裙曳地，配以丹綈絲履，飄然趨前坐到劉氏身側，似乎想帶給她清廉簡素的掖庭幾分活力，希望能變得時尚典雅一些，但石勒對這毫無華麗之色的掖庭以及占有它的主人的布衣簡飾，並不在意。他的目光直落在劉氏身上，從她眼角的淚痕移到胸前淚水滴溼了的衣襟，看出她對已故老娘王氏的深厚軫念之情，自己差點也滾下淚來，哀矜道：「夫人妳不可這樣傷悲，讓地下的娘知道了，她會不安的。」

說到地下的娘，劉氏的淚水越來越多，低著頭，哽咽著再沒有抬起。

這兩天程氏時刻在這裡陪她。她掉眼淚的時候，程氏也跟著落淚。現在程氏抬手邊擦眼眶邊含情脈脈看一眼石勒，道：「我聽兄長說了，你整天連軍國大事都忙不過來，哪有空閒待在這裡。你料理你的事情去吧，這裡有我。」

見程氏這般體諒自己，石勒心裡很是感激，眼淚還是湧了出來，問道：「從墓地回來後，天天這樣？」

程氏道：「不是從墓地回來後，是自從娘咽氣那時起，沒有一時好心情，整日整夜地啜泣娘走得太早了，只是不讓我告知你。」程氏又擦一下眼眶，道：「如果方才你不說那一聲娘，她會好一點的。」

第三十三回　群臣勸進石勒稱王 逢召赴宴李陽封官

石勒嘆了一口氣，道：「是娘對她太好了，還是她覺得娘的一生太苦了？好不容易才團聚了，沒幾年就走了。唉，妳平時遇事不是挺有些辦法的嗎？」他站起來，推住程氏的手臂走過一邊，道：「妳想辦法把她的心思往高興的事情上引一引嘛，怎麼那麼死板。比如說說石弘、石恢懂得讀書寫字，說說修築宮殿，還有虎子出兵打敗了鮮卑兵這些事，是不是會好一些呢？」

程氏輕輕地搖了一下頭，道：「小妾我以為難。」

石勒問道：「難在哪裡？」

程氏道：「娘是她的義娘，更是恩人。只要說到娘，總會把娘怎樣救她，怎樣與柴院婆婆討要吃食，怎樣埋葬冀保的爹娘，怎樣背了小毛頭蹚水過河再說一遍，所有這些都烙在她心裡了，摳不出來呀。」

還坐在原地的劉氏這時叫道：「程妹呀，妳快快送將軍到殿堂裡去做他的事吧，說不準又有多少事在等待他的決斷。」

石勒微笑著過來坐到劉氏身旁，伸一條手臂搭在她後背上，手上下撫摸著，道：「我今日晏閒，專門來妳這裡坐坐的，不要攆我。」

劉氏道：「有程妹在就可以了，不必為我而誤國事。」

石勒道：「我有右侯，我在我不在，萬機照樣轉。」他笑著轉問程氏：「妳信嗎？」

程氏知道他對劉氏恩寵無比，於是輕輕點一下頭，道：「我信，我信。」嘴角揚著一絲笑意，轉身面對劉氏，道：「就讓將軍多待一下吧，他好不容易抽空來了。」

劉氏低著頭，沒有出聲。石勒命侍衛叫來一輛張有布帷的衣車，程氏從掖庭把劉氏請出來，扶她坐到車裡，自己也坐上去，回頭吩咐侍婢們回去轉告乳母，不可使弘兒獨自出宮玩耍。兩個侍婢聽了，答應了一聲，石勒也向那些侍婢揮揮手，然後催促車童載了劉、程兩位夫人遊於街巷，逗劉氏開心。劉氏道：「娘在世時，妾勸將軍陪她去南門火祆廟拜謁火神，順便看看街市的絲帛衣料，選取合意的為她做衣裳，你常年奔襲征戰在外，到她死都沒有去一回。」

見劉氏又沒了和顏，程氏把嘴伸向她左耳邊，道：「總不能讓他也跟著妳一直傷心吧！」

這一回劉氏識勸了，低低應了一聲，隨即臉上露出曉事達理的溫情，欠身抬手指著前面一座高大的殿宇說要到那裡去看看。

遂其所願，石勒命車童拉一下馬韁，往殿宇去。

衣車在剛剛舉行過竣工慶典的人殿前廊階下面的寬曠平地上停下，石勒剛下車來，當值的門吏便快步跑過來施禮。

石勒擺手讓他免禮，去招呼兩位夫人下車。

門吏忙走過去，劉、程兩位夫人已經在侍婢攙扶下，手托張布的撐木伸腳著地。當門吏與石勒站定說話之間，劉氏在程

氏的陪伴下走動了起來，看過殿廊西頭看東頭，轉回身來正對殿門，細看臺階。寬大的通廊、鵬翼狀的棱罔、高聳的屋脊，劉氏不禁驚愕地輕啊了一聲：「這麼宏大！」這時，從背後過來的幾個男女站到她身前，面對殿門彎腰兩手相接前拱長揖不起。

劉氏向殿門望一眼，那裡除了守門兵卒並沒有別的顯貴，他等這是向誰揖禮？隨又瞟視兩邊，兩邊有些穿著士民和農夫服飾的人，也有長揖的，這使她覺得是否來到這裡都得有這種禮節？她斜轉身拽一下程氏，把手疊放到腹前就要俯身肅禮，就聽見有人斷喝「走開，走開」，驚得她忙把即將成禮的手垂下，抬頭朝前看去，只見門吏一邊推搡站在她身前的那些男女閃過一旁，一邊與石勒朝她這邊走來，說每天都有許多人衝殿門恭肅而拜，劉氏截住話頭，問道：「他等這是在敬重誰呀？」

門吏恭敬施禮，道：「回夫人，是敬重這座殿宇，更是敬重主宰這座殿宇的大將軍。」那門吏滿臉堆笑，朝石勒瞟視一眼，道：「大將軍為庶眾平暴虐，輕徭役，薄賦納，誰不感激這份恩德！」

劉氏鳳眼仰起看石勒，道：「敬重大將軍？」

門吏又朝她深俯一禮，道：「我每當值都能看到朝大殿躬肅而拜的人，不分白天黑夜。」

石勒招手對門吏說道：「你去勸眾人不要這樣做，等我有朝一日真走到了那一步，就站到殿門口受他們的拜見。」

距離不遠的黃冠布衣農夫聽了石勒的話，興奮得伸手指著石勒大聲呼叫，道：「大將軍，他是石大將軍。」叫出這一聲以後，撲通朝石勒跪下。

　　石勒出行都在侍衛的嚴密扈從之下，庶民都沒有看清過他的真實相貌。現在人們聽說面前之人就是石勒，便又驚又喜地「石大將軍」、「石勒王」、「大王」、「石王」發自內心地呼喊，彷彿是在接受石勒什麼訓令那樣跪趴了一地。

　　從沒見過這種場面的劉、程兩位夫人驚呆了，只是看著石勒和門吏。

　　石勒耳邊一直嗡嗡地響著「大王」、「石王」之類的呼喊聲，一激動，伸雙手做出一個挽扶跪爬在地的人起來的手勢，又忽然將手放下。

　　門吏目睹石勒情不自禁的舉動，忙彎身兩手相接前拱揖禮，道：「按亂世不成章法的章法，能統領和穩定一方者可稱王，大將軍當早加尊號，以安百姓。」

　　石勒訓斥道：「你是何說這話？百姓不曉世勢，說就說了，喊就喊了，你也不曉？無德不貴、無能不官乃常理，我石勒何德何能敢稱王？你不可再說此事。」

　　門吏遜顏一縮，深低下頭，道：「是。」

　　守衛殿門的那些衛士，不知這邊發生了什麼異常之事，一

個個頭戴卻敵冠[02]，手執利劍跑過來，威武護在石勒身邊。

石勒撥開這些衛士，抬腳前邁一步，招手道：「石勒感激眾人對我的崇敬，都起來，都起來。」

可是眾人沒有一個站起的，石勒讓門吏攙扶起最先下跪的那個黃冠布衣農夫，後面的人雖然都徐緩地站起來了，但是停了許久才散去。

一連旬日的宮掖閒聊、渠塘觀魚、觀賞殿宇，見劉氏話語多了，笑容多了，不像前時那樣終日戚容含淚，獨自幽悁苦悶了，石勒雖覺得夫妻這般至情至勉地生活，既適意又暢快，但他無法把前方的戰事擱置一邊而長時間在後宮住下去，叫來程氏和一干侍婢吩咐一番，辭別出了門外，來接他的石會謹慎扈從著朝大殿那邊走。待踏上甬道，來回走動的人稀疏下來，石勒才問道：「這幾日，朔方那邊有無軍情報來？」

石會說石虎的騎兵攻破屯據在那裡的鮮卑兵營，斬二萬首級，俘獲三萬餘人，差快騎星夜回來報捷。石勒聞聽，呵呵笑道：「季龍治兵，嚴而有法，速而猛烈，當今天下沒有幾人能超過他。」

石會道：「張公也這樣褒獎他。接到他送來的奏表，張公捧了到後宮去呈給您親覽。」

02　衛士所戴之冠，流行於漢魏六朝，《通典》卷五十七載：「卻敵冠，晉制之……凡當殿門衛士服之。」。

石勒斜一下臉，道：「沒有，沒有見到他的奏表。」

石會笑笑，道：「是捧著去來，我與他一起去的。到了劉夫人掖庭，程夫人也在座，她說大將軍安然熟睡，且不必攪擾他了。張公說也好，就讓大將軍多歇一下吧。我們向兩位夫人行過禮退出來。」

石勒笑道：「不是我醒得太遲了，便是你們退得過早了。」他抬頭看一眼殿門，轉臉對石會，道：「幕僚們已經等在殿裡了。」

進入殿堂正中坐了，等待奏事的僚屬俯首施禮，張賓把一卷奏表遞給內侍呈上去，說道：「孔萇將軍征討幽州所有郡縣，已全部奪取，只留下段匹磾據守的薊城了。」

石勒命內侍把呈送奏表的人召進殿來。這人是布衣探，他布衣藤履趨步進至殿堂跪下，稟道：「段匹磾士卒飢餓疲憊，多已逃離。近乎孤身的段匹磾，被人截擊怕了，打探到段末柸兵馬又在調動，非常害怕驅兵來襲，拋下妻孥朝樂陵方向逃竄。按他走的路線推斷，可能去投靠邵續。兵馬也只千數來人，行走並不快。小人快騎趕回來稟報，是以為若能出一旅之師伏擊，段匹磾可擒。」

石勒離座走出案前看眾僚屬，道：「你刺探有獲，所析在理，當賞。但是征戰在北面的孔萇、夔安將軍駐兵涿鹿沙城一線，即令快騎調遣也來不及，過幾天再看吧。」

第三十三回　群臣勸進石勒稱王 逢召赴宴李陽封官

　　門吏這時高聲稟道：「豫州那邊來使要見大將軍。」石勒唔了一聲，擺手辭退布衣探，命石會去看看是不是桃豹將軍又差使來了。

　　但石會出去領來的，是蓬陂塢主陳川的使臣，呈送表文願來歸降。石勒覽表大喜，說陳川降我，為祖逖北伐增添了一道堅實之障。

　　張賓也點頭而笑，道：「祖逖沒有後援，兵源糧草的不足就把他難死了，不論陳川在那裡擋他不擋他，都不會前進多少。」

※

　　石勒今日身臨大殿聽政，一隻手搭在案沿，頭微微後仰，凝神等待僚佐奏事，只見下面一些人悄悄傳看著什麼。那冠巾整齊的頭，忽而抬起怯弱地望一眼石勒，忽而低下竊竊私語。石勒不想直問，只道：「有事奏事，沒事各歸本廨辦理各自的事情去吧。」

　　劉曜長安稱帝，激發了張賓一干謀士和將佐擁戴石勒稱王襄國城的想法，王中原之地，遂與征戰蓬陂歸來的石勒從弟石虎商議，達成共識。從來不主動說話的石虎，這時候破例抬腳趨前一跪，道：「裨將。」他微扭頭看一眼身後的同僚，又覷一眼石勒，道：「裨將有事啟奏。」

　　石虎朝下看的那一刻，左長史張敬、右長史張賓、左司馬

支屈六、右司馬程遐及諸將佐都畢恭畢敬地唰的一聲齊跪了下去，奏道：「吾等議得一表，奏請大將軍登基稱帝。」

石勒冷漠地望一眼下面，輕輕搖頭不語。

眾人長跪候在那裡，這可苦了手捧奏表的左長史張敬，半天不見石勒有什麼面諭，自己又沒辦法放下來。伺候在石勒身邊的內侍，早想到該把張敬捧的奏表呈上去了，可是平時察言觀色慣了，沒有石勒的吩咐，不敢自行去接。又過了好一陣子，大概實在看不過眼了，自己走過去取了張敬手上的奏表轉身上呈。石勒伸手接了，沒有命別人唸，拿在手裡略一停，就放在案面上，道：「此議不妥，大家不必再言稱帝一事。」

眾僚佐雖未當殿犯顏直諫，但私下仍然大有人在議論。從陣前回來看望石勒的郭敬將軍，一見面便執臣禮，更讓石勒不好接受。辭退郭敬之後，石勒疾速下令制止勸進，令曰：「我石勒感謝眾僚佐的竭誠擁戴，然我德寡才弱，居此大將軍之位尚感枉受尊崇，夙夜惶恐，何敢妄自建國竊號，落人笑柄。故此，下令亟止此意，勿得再議。」

※

石勒知道聯名勸進是張賓、石虎、支雄、桃豹、張越、劉膺一些人所倡，這天黃昏他專把石虎叫來（支雄、桃豹此時在前線），問道：「你看到我下令制止勸進了吧？」

石虎站著，一言不發。

石勒受不了這冷淡，提高嗓門，喝道：「我問你了！」

一聲斷喝，石虎略一怔，隨即霍地一仰頭大聲反問，道：「劉曜可以長安僭位，你為何不可襄國稱帝？」

石勒道：「我這裡有我這裡的民心世情，怎能學他？」

石虎蠻橫地一揮手臂，道：「我說能就能⋯⋯」

惡聲惡氣的吵嚷頂撞，使石勒更是生氣，一挺胸投袂站起，一腳踢倒几案，出了門外。

門外，月朗星稀，微風輕拂。

石勒心裡想著張賓說過的一句話：「石虎是個不好駕馭之人。」此時就聽得背後傳來一聲「明公」，知道是張賓，石勒卻假裝沒聽見，融在南面房舍遮擋了月色的黑影裡，一步未停。

適才，石勒拔腿出了門外，石虎當下感到不該拿那樣的話來頂撞他，大踏步進了張賓屋裡施一禮，說他與石勒話不投機，石勒一人出去了，請張賓去看看。張賓一副半冷不熱的臉只是朝向別處，不想理會他，等石虎朝他施禮了，才拱了拱手，目光隨之瞟向石虎那張照例陰黑的面孔，暗哼了一聲，道：「又是你觸犯了明公？」石虎半晌不說話，這讓張賓心情極為沉重，疾視一眼石虎就起身朝外走去，遠遠地望見南陰下石勒慢悠悠走動的身形，他急忙從後面跟了上來。

張賓叫第二聲「明公」時，已經靠近石勒左肩下方，他道：「張賓知道明公自忖自己名號不顯、德行不彰，不願建國稱尊，

可是在眾人眼裡，您早該冕服一身，授位東咋了。」

石勒的腳步一點未停，他只是朝左面微瞟了一眼，卻沒有接張賓的話。因為他正編排著將要說出口的話的次序，自酌雖然投胎羯人家中，爹娘不是知書達理之人，倒從沒有感到有多少卑賤之處。有時候也說一言半語的我是個羯人，那是說給別人聽聽罷了，心中還是以為羯人豪雄尚武，磊落大方，自信心極強。自己比不上那些出身豪門望族、爹娘又都是大儒勳吏之輩，除了幼時家貧無力讀書缺少文墨之外，身上並沒有比別人少了什麼，可是從未想過要凌駕於人上。起初造反起兵反晉，也只是為爭一口氣，絕不是要打倒皇帝做皇帝。憑了天分和勇武當了大將軍，已經很滿足了，還稱什麼帝⋯⋯

他要用這些言辭說服張賓，伸手向張賓膀背後面一推，推至與自己並排前走，道：「我本草民，雖得諸公相扶僥倖至此，但我覺得自己依然是個草民。再說，一個出自羯族的草民，怎敢為之？」

張賓道：「羯人稱王稱帝有什麼不可？劉元海是匈奴人，他立國已傳數代，至今仍獨霸一方，威名遠播，四方來朝，誰能說他立的國不是一個可以與晉廷抗衡的國家？」

巷陌裡已經沒了忙碌的身影，兩邊屋舍的燭光也少下來，平靜之中聽出石勒呼吸比剛才平穩多了，張賓便把預備在嘴邊的那些更實在、更有力的話有理有據地擺出來，道：「也不要

以為天下未平就不能稱尊。當初，李特入蜀就建國，劉淵河東稱王時也只幾城，而明公今已據有原晉朝天下疆域十九州中之八，這與李特、劉淵稱帝的時候可是有小巫見大巫之別。《呂氏春秋》有幾句話是這樣說的，認為可以做，就去做；做了，天下誰都不能禁止他。李特、劉淵的建國正說明了這個道理。所以為勢所趨，國到該立之時不可不立。一日不立國，明公一日不詔誥天下稱王稱帝，我襄國城及所占有的州、郡、縣的吏員和百姓，仍然停留在被晉、趙（劉曜的趙國）視為反叛者的境地，你的王霸之業還不能說是大功告成。」

石勒停住腳步，道：「我可沒想這麼多，只以為以德勝人者王。」

張賓也站定微笑著，道：「以張賓之見，還不止這麼多。」

石勒噓氣抬腳緩慢前行，道：「不止這麼多？」

謹慎跟上來的張賓，道：「明公您想，將士為什麼投靠您？還不是看出您以天授之才而御境內軍民之實 —— 您有偉器，有經國遠略，可任大事。還有，他們在您麾下出生入死為了什麼？就算不圖封妻蔭子，也是想讓自己擁戴之主能高居人上，自己顏面光彩。若再固執下去，將士會不會有貳心？黎民會不會生變？到了那一步，司馬氏復起，劉曜也趁勢壓來，誰人還肯為明公用命呢？事實上，平定南陽時桃豹就急著要進見勸您稱王南陽，進而從那裡西略漢中，再直下巴蜀滅成漢當第二個

劉備，被我擋了。桃豹這個人很會想事⋯⋯」石勒笑著打斷他的話，把桃豹村人叫他小精明的事說了出來，張賓聽罷也笑了，道：「的確夠精明的，後來桃豹又說動孔萇、支雄、張越、冀保幾個將領，連袂到我帳裡重提此事，他們怕的就是日子久了將士離散，民心生變。」

這話使石勒吃驚不小，道：「從南陽回程的路上，石會說過桃豹與幾個人唸叨什麼，並不清楚詳情。諸將皆為我的尊位著想，可我總以為我不適合。」他轉頭問張賓：「右侯可有妥善之策？」

張賓道：「倒是有，只看明公納不納。」

石勒道：「只要是實心為我。」

張賓把早已埋藏在心底的話翻了出來，道：「學劉元海先稱王，以安眾心，可謂萬全。」

轉身回返，石勒穩實地朝前邁出一步，道：「先稱王？善，可是你得讓我再想想。」

張賓哈哈大笑，道：「可以再想想，但不要想得過長。」

石勒沒出聲，只點了一下頭。

※

事過數日，石虎和左長史張敬、右長史張賓、左司馬支屈六、右司馬程遐等文武一百二十九人復又上疏勸進，其奏疏中寫道：「臣等聞有非常之度，必有非常之功；有非常之功，必有

非常之事。是以三代陵遲，五伯迭興，靜難濟時，績俟睿後。伏惟殿下天縱聖哲，誕膺符運，鞭撻宇宙，弼成皇業，普天率土，莫不來蘇，嘉瑞徵祥，日月相繼，物望去劉氏、威懷於明公者十分而九矣。今山川夷靜，星辰不孛，夏海重譯，天人係仰，誠應升御中壇，即皇帝位，使攀附之徒蒙尺寸之潤。依漢昭烈在蜀、魏王在鄴故事，以河內、魏、汲、頓丘、平原、清河、巨鹿、常山、中山、長樂、樂平十一郡，並前趙國之廣平、陽平、章武、渤海、河間、上堂、定襄、范陽、漁陽、武邑、燕國、樂陵、代郡十三郡，合二十四郡，戶二十九萬為趙國，封內依舊改為內史，准〈禹貢〉，魏武復冀州之境，南至盟津，西達龍門，東至於河，北至於塞垣。以大單于鎮撫百蠻，罷並、朔、司三州，通置部司以監之。伏願欽若昊天，垂副群望也。」

　　命人唸畢奏疏，石勒略覽一眼，放於几案，移目下看僚佐，眾皆伏在地。他不想讓人逼己即位，一轉身拂袂離座東走，眾僚佐手膝並移向東拜請；又向西走，僚佐們又跪移朝西拜請。這使他有些為難，命內侍把石虎、張敬、張賓、孔萇數人召集到一邊，反覆說了一些自己不堪為君的話，道：「古來武力取天下，以文治天下，我石勒隻字不識，是個粗笨的草民，天生不是那塊料。」

　　左長史張敬說道：「大將軍起兵以來，招賢養士，興農養兵，操演兵馬，征戰強敵，不正為今日嗎，怎麼事到臨頭又推諉不就呢？」

聽了張敬的話，石勒沉思良久，還是不想就此稱尊天下。張賓說可按那天他說的，學劉淵，先稱王。石勒喟然嘆息良久歸於上座，道：「我石勒且允眾僚佐所請，都起來。」

於是石勒在襄國城建立趙國，於大興二年（西元三一九年）冬擇日授印，冠王冠[03]，著朝服，欣然即位建德殿，稱趙王。前後僅隔一年，北方大地出現兩個趙國[04]。

石勒依照春秋及漢初各諸侯封國之前例，使用本國年號，稱趙王元年。赦境內殊死以下，減百姓田租賦稅一半，賜孝悌父母者、田農力耕者和將士遺孤等布帛各有等差，孤老鰥寡每人賜穀二石，並下令臣民大酺[05]七日。

據此，趙王石勒力避歷朝舊制，以他自設的機構和官員名稱頒發詔書：封劉氏為王后。授張賓為濮陽侯，晉升大執法[06]，專總朝政，位冠揆席。署石虎為單于元輔，都督禁衛諸軍事，加驃騎將軍，賜爵中山公。以將軍李寒領司兵勳之職，教授國中年輕將士擊刺戰射、兵書戰策。以從事中郎裴憲，參軍傅暢、杜嘏並領經學祭酒，參軍續咸、庚景為律學祭酒，任播、崔睿為史學祭酒。以中堅將軍支雄、游擊將軍王陽領門臣祭酒，專事胡人詞訟。其餘眾臣按功論賞，所授爵秩各有等差，

03　即遠遊冠，三國時劉備稱漢中王戴的便是此冠。

04　後人著史以建國時間前後為序，劉曜長安建國在前為前趙，石勒襄國城建趙在後為後趙。

05　古時國有吉慶，帝王特許臣民歡慶聚飲。

06　百官之長，即通常王朝所說的丞相。

眾僚屬誠服感悅，舉殿伏地下拜謝恩。

幾天後，石勒設朝建德殿，使用天子御用禮樂，所賜封的那些與他一樣起自布衣的臣僚，皆峨冠博帶，左文右武分立兩班，儀式規模宏偉而莊肅。濮陽侯大執法張賓、參軍續咸幾位重臣就轄境治理、立法慎刑、對臣民行「寬簡之策」等出班奏畢，坐在王位上的石勒正了正容色，下令道：「今大亂之後，律令繁亂，請法曹令貫志諸人採集歷代法典之要，刪繁就簡，施行條制；以治所境，凡我臣民切勿違律條而妄行。」

張賓等臣僚皆俯首應道：「臣等謹遵王命而行。」

應聲剛落，左司馬支屈六等奏道：「大王雖以胡人為國人，也當詔諭尊重華夏仁人志士。」石勒對此議極為贊成，向支屈六點頭，令支屈六心情大悅，當即又說：「臣以為應從各方人士中選取賢良方正能直言極諫之雋才，以為國用。」

石勒道：「你提得好，孤隨後下詔施行。」

張賓奏請遣使巡行州郡，鼓勵農桑以增加物儲，提倡練功習武以為軍備，石勒邊聽邊說了一聲「准奏」。

散朝後不久，即制定出《辛亥制度》五千文，發至各廨庭和郡縣施行。

※

下令大酺七日之時，石勒想召來家鄉耆老暢敘舊情，只因忙於接受臣下的朝覲禮賀，一直延遲至今日才把石虎、桃豹、

張越、劉膺叫到劉王后掖庭，共同商定立即差使去請。

但是，去武鄉請人的使者歸來跪在殿堂覆旨，道：「回稟大王，除了一個不敢來的，其餘的都請來了。」

案後的石勒聽了，問道：「竟有不敢來赴孤酒宴的，他是哪一個？」

使者回道：「李陽。」

石勒挑一下眉，道：「李陽，壯士邪，是何不敢來？爭麻池乃布衣之恨，孤今治理天下，安肯以陳年舊事為仇？」

跪爬在地的使者不敢抬頭，道：「可是……可是……他害怕，躲藏不見。」

石勒招手，道：「煩勞你快騎再去一趟，把孤的話說給他聽，他會來的。」

使者領命二次去請李陽，把他躲避的荒原山林之地找出來，然他以為請家鄉耆老赴宴是石勒設的圈套，想把他騙到襄國城來以報前怨，所以他住進館舍不到一個時辰，就趁天黑逃跑，被人追回來。

次日，後趙國王石勒口諭召見李陽，傳旨內侍回稟說李陽昨夜逃跑跌倒摔倒在修築中的樓觀磚瓦上，摔斷了腿骨，不能上殿見駕。

石勒見稟，眨了幾下疑惑的眼睛，道：「能有這麼巧的事？」轉頭吩咐內侍：「去傳孤口諭，命御醫為他治療。」

第三十三回　群臣勸進石勒稱王 逢召赴宴李陽封官

御醫令李永讓他的副手前往為李陽診斷，待他幫手上的兩個病患開出藥單後，也往李陽所住館舍趕來，半路迎上他的副手返回，向李永行禮，道：「李陽的腿骨折了，腳腕腫得厲害，不能走動。那隻腳，可能壞死，您就不用再去了。」

可是李永這時窺察出他的副手說話時一直在躲閃他的目光，揮手說隨他再去一趟。坐在屋裡的李陽聽見有人來了，便躺了下去，胡亂抓了一些頭髮遮到臉上，嘴裡不停地說「哎喲腿好疼呀，腿好疼呀」。李永已邁進門來，走到榻前，迷惘地看一眼李陽，邊與他說話，邊抓住他說的那條摔折了的腿輕輕上下按壓，把手墊到膝蓋彎部霍地向上一豎，不見李陽有任何疼痛的反應，瞬間瞪眼，問道：「說，這到底是怎麼回事？」

李永的副手撲通跪下賠禮認罪，道：「是我貪財說了假話。」他從懷裡掏出十錢放在地上。

很有點氣憤的李永一拳朝他的副手打去，道：「叫你貪！叫你貪！」

副手哭泣，道：「我知道這是犯罪，可沒有這個，我妻子只能等死了。」

李永被他哭得有些心軟了，道：「我聽說過你有個癱瘓在榻的妻子，那也不可做出這等欺君罔上之事！」

李陽雙腿一擺下地，也撲通跪倒連聲認錯，道：「李御醫，不怨他，不怨他。是我拿錢與他串通，想把腿折不能上殿見駕變

成真事，他（石勒）那邊不急著召見，我好拖時間抽空逃走。」

李永輕搖下頦，道：「李陽，你好不識抬舉。大王誠心誠意請你赴宴，你則想盡辦法逃避，這是為何？」

李陽伸手撥一下遮在眼前的散髮，兩隻眼睛閃動幾下，傾吐了他與石勒爭麻池結下的宿嫌，道：「他用赴宴召我來，是讓別人誇讚他的寬容，在宴飲間借事加罪將我殺死，也不是不可能。這等宴，本人實不敢赴。」

李永嘿嘿冷笑，道：「你休得拿小人之心度君子之腹，大王若成心殺你，早動手了，你還能活著來到襄國城？」

李陽道：「生殺之權在他手上，不是你我能拿得準的。」他伸手指了指李永的副手，道：「可話又得說回來，我也做好了死的準備，只是這位兄弟不能因為犯在他手上送了性命。李御醫若能挽回此事，保他無罪，我這裡還有十錢都給你。」

他向李永叩了個頭，就地膝轉取下榻頭放的粗布袋，兩手捧至與頭平，道：「錢在袋裡，你拿去。」

李陽的這個舉動令李永十分討厭，他猛抬起一隻手要打李陽，忽而眼珠一轉停在半空，默默嘆了一聲，放下手，喝道：「你若不是大王請來的客人，我這就把你放倒在這裡。收回你的錢，起來跟我走，大王盛宴正等你李陽。」

來到設在建德殿簷廊下的朝宴之時，這裡已是賓朋滿座，宴飲正歡，李陽悄然坐到村人老坰下瘸子的身邊。他無意飲

酒，只是低下頭把一肚子的擔心輕聲向瘸子傾訴著，不想這時自己的一條手臂被人唰地一下子抓起。

抓李陽的人是石會。

陪伴在大王身邊的石會雙手捧著一爵酒向石勒敬去，石勒接了，側轉身遞給侍隨在旁的內侍，抬手指了一下臉上有雀斑的人，這人便是李陽，就讓石會陪同他過去與李陽見禮，李陽只顧低頭說話並沒看見。石會以為李陽故作高冷，恨得他揪住手臂要把李陽抓起來，當即被石勒阻止。李陽抬起頭微覷一眼抓他的人身後那位冠帶尊貴而又多髯者，渾身頃刻惶惑顫抖不止，道：「啊？」

是時，一個模糊的耶奕于身影正浮現在李陽眼前。他還在努力辨認之際，旁邊的鄉間耆老看見石勒走近身前，齊道：「小民拜見大王。」

眼見得一個個都前傾引背下拜，李陽也茫然趁勢爬下，暗想這個多髯者就是當年的匐勒？那滿是鬚髯的面頰多麼像他爺爺老部大耶奕于呀！一邊想一邊隨大流叫出他的尊稱，絮絮叨叨地說道：「大王，小民我……我李陽小民……小民拜見大王。」

今天石勒面對的是他請來的許多故里老者和同族人，有意如昔年趙武靈王[07]，冠惠文冠[08]，著胡服。眾人尊一聲「大王」

07　戰國時期的趙國國君趙雍，趙肅侯之子，西元前三二五至前二九九年在位。

08　金鐺飾首，前插貂尾。《晉書・服輿志》載：「古之惠文冠，或曰趙惠王所造此冠，因以為名。」。

跪拜之時，他的頭冠上插的兩隻雉雞尾隨了點頭而擺動，便將短衣大絝一提彎下腰去，說道：「你是孤的舊鄰李陽吧？當年在鄉里，孤嘗了你不少老拳，你亦挨了孤許多毒掌。」

李陽跪伏在地，只是頭觸地叩個不停。他的手臂好像又被人捏了一下，方說道：「李陽小民，小民李陽今日是來領罪的 —— 小民李陽那時無知，不懂事理，竟想強行漚麻與大王動老拳。論大理，小民李陽當斬，當斬。」

跪坐在側的老堎下瘸子，如今已經白髮蕭然，說話和動作也沒了石勒與李陽爭麻池時的那般有力。他緩慢抬頭看一眼石勒，慌忙躬身前彎兩手碰地頭至手一拜，從旁幫腔道：「在這件事情上，李陽是做得太不恰當，然事隔多年，他又每有悔悟，大王就寬恕他吧。」

石勒哈哈大笑，戲謔道：「如果將李陽斬了，孤的酒賜予誰人呀？」

石勒說罷，從內侍手上接過一爵酒，款款舉起與李陽及武鄉耆老共飲，每人賜飲三爵。又叫來將軍石虎、桃豹、劉膺、張越與鄉親們酬酒，整個氣氛都被渲染起來了。

李陽眾人飲下石虎幾人敬過來的酒，都湊近與石勒親切交談敘舊。石勒從故鄉耆老每張瘦削的臉孔看出，他們依然過著貧困日子，深感農事的重要，於是道：「農桑是萬民衣食之本，耆老們有何見教？」

一位老者向石勒深深躬身揖禮，說托大王的福，下民們安定是安定下來了，可是吃食還很緊缺……老者喉嚨哽咽得說不下去了。

石勒端起李陽為他斟的一爵酒，送在嘴邊又放到几案上，彎下身去與張賓說話。以張賓說的休養生息體恤下民的意思，抬手召來王子春、徐光吩咐擬旨，卻見旁邊另一位老者嘆息起來：「唉，農家日子苦呀！下民是想讓大王體恤百姓苦楚，能減的話再減一些吧。」

石勒見他低下頭不願抬起，忙安頓王子春、徐光先不擬旨，遂轉問旁邊的人道：「他是說再減些賦稅？」

柴院婆婆的小弟，如今已是額頭布滿滄桑、腰彎背駝行動困難的老人。他向石勒一拜，回道：「如若大王並不十分為難，下民們盼的是再減些。」

君權在握，說辦就辦，石勒斟酌著說道：「可定為每戶年交兩匹布、兩斛穀。這比晉朝時農夫耕五十畝地，要交穀四斛、絹三匹、棉三斤，輕得多了吧？」

故鄉來的這些人都樂了，連連道：「下民謝大王，謝大王。」

石勒伸雙手虛扶眾人起來，目光轉向身前臣僚看了一下，當即命右散騎常侍霍浩為勸農大夫，讓他與典農使朱表、典勸都尉陸充等巡行州郡，核定戶丁，勸課農桑。宣布耕織最優

者，賜爵五大夫；有田不耕、桑事不務者，罰做勞役。如此政令的廣為推行，臣民感戴，石勒由此聲名大著。

故鄉眾人返家的時候，石勒留下李陽在朝供職，封為參軍都尉。

李陽感激涕零，雙腿跪地，拜道：「謝大王賜封。」

內侍笑著侍候李陽脫去羸衣，換上一身絳色戎裝，當下顯得威風凜凜。李陽向石勒再拜謝恩退出殿門，摘下頭上戴的平巾幘，揮舞著向劉膺將軍的駐地邊跑邊喊：「大王封我官了，大王封我官了。」

聽見這樣的喊聲，石勒走下王位站到殿門口朝外看，哈哈大笑著連鬚髯都掀動起來。

第三十三回　群臣勸進石勒稱王 逢召赴宴李陽封官

第三十四回

降而復叛難遂願 悍將雖勇終力竭

第三十四回　降而復叛難遂願　悍將雖勇終力竭

　　石勒建國稱王這段時間，南北兩面屢有軍牒告急前線戰事。南面的豫州刺史桃豹遣使送來奏表說，晉平西將軍祖逖兵馬逐漸北侵，迫近譙城[01]；北面的遼西鮮卑單于段末丕，牒稱段匹磾逃至樂陵，依附晉冀州刺史邵續，屯兵厭次[02]。若襄國願出奇兵與他合擊，段匹磾必難逃生。石勒聽徐光唸了段末丕呈送的表文，說合攻厭次是個機會，滅了段匹磾，平了北面再攻南面，但在座的張賓覺得不讓桃豹增兵阻擊晉將祖逖北侵，河水之南的郡縣就會得而復失。這兩種見識正趨於統一的時候，那個布衣探又報來新的軍情：一個雨天的黎明，布衣探從夜宿的村邊草棚出來往河間那邊趕路，望見兩隻幼豺在路下土溝裡拖拽什麼，便好奇地卸下頭上的雨笠朝幼豺猛一扔，兩隻幼豺受驚而逃，他呵呵笑罵道：「狗崽子，你也怕？」

　　他跑下去看，是被幼豺撕咬破了的戎裝和流血的兩隻腳、兩條腿。沿腳腿向上看去，是一張如同火灰抹了那樣的臉，布衣探忙把那人背到臨近一戶人家去搶救。

　　這漢子是段匹磾的侍衛。他活過來以後，叩謝過布衣探的相救之恩，大罵段匹磾被段末丕屢次打敗，又屢屢不服而要復仇，成了橫暴好勇的狂夫。數日前，段匹磾與他弟弟段文鴦從厭次去樂陵面見邵續，淒然道：「我本狄[03]人，因仰慕大義，落

01　在今河南夏邑北。
02　秦置，此時治所在今山東陽信東南馬嶺城。
03　古時對中國北方部族的泛稱。

得家破人散。邵公若不忘舊好，請出兵與我共討段末丕。」

邵續微微一笑，沒有回答。段匹磾斜了他一眼，抓了段文鴦一條手臂，道：「他已盡忘你出兵救他的情誼，我們走。」

邵續叫一聲「段公」，站起來施一禮，勸段匹磾重又坐了，問道：「為何不攻石勒，而要攻打段末丕？」段匹磾起身又去揪段文鴦，段文鴦一手扶了他站住，半轉身對邵續說道：「吾等與末丕都是鮮卑段氏後人，然他不念同族兄弟情好，偏與石勒遙相呼應，致使我與兄長落到這般慘境……」段匹磾猛撥一下扶在他臂上的手，接過段文鴦的話，說道：「這要攔在你邵公身上，你能忍受得了嗎？」邵續聽罷，說道：「這小子不顧同根同祖一家親，去幫外人打自家兄弟，哼，夠狠的。」當下點頭出兵北擊段末丕。

段匹磾與邵續提兵數萬，趁夜急行北去偷襲段末丕營壘，急行軍累得人人氣喘汗流，艱辛備至。如此情境之下，這位侍衛說了句放著白天不走黑夜走，放著大道不走走小道，把他的草鞋都磨破了。話剛說到這裡，就聽到一聲「你敢亂我軍心」的斷喝，隨又一腳飛來，將他踢下一丈多深的溝裡。

布衣探問道：「是誰這般狠毒？」

侍衛回道：「除了那個狂夫，誰敢！」

布衣探邊想他與段匹磾的主僕關係邊道：「你也不用這樣恨他，他是你主人，你的傷好了，不還得去扈從他。」

此刻，侍衛衝動得連身上的傷都忘了，呼地一轉身，對布衣探道：「還去厎從他？」侍衛兩眼望著布衣探，黯然說道：「哼，不論他的神通能庇佑誰，我不稀罕！」

布衣探道：「那總得有個歸宿吧？」

話音雖低，侍衛卻全聽明白了，馬上跪下，拜道：「恩人，你救人救到底吧，收下我在你家當個農夫，我會種地、牧羊，搓繩編草鞋這些事都做得來。」

布衣探伸手攙起他，道：「這不是我家。我是路過的，往北去有事。」

侍衛又懇求道：「若無妨礙，我隨你去。」

布衣探皺眉想了想，道：「你有傷，走路跟不上我。你若肯等，可以在這裡等我回來，那時你我從長計議。」

侍衛望一眼這家主人，道：「我等。」

布衣探向這家主人深揖一禮，道：「可以容他在你家等嗎？」

這家主人回禮，道：「我家飯食粗淡，不知他用慣用不慣？」

布衣探知他話意所在，拿了些錢給他，道：「有這個可以了吧？」

這家主人邊點頭邊雙手接了，道：「讓他住吧，不管幾天，總得等你回來不是。」

北去的布衣探，幾天後遇見邵續兵馬返來。經探聽得知，段、邵二人合力將段末丕打得大敗北遁，段匹磾讓邵續回守厭次，自與段文鴦驅兵直進，想一舉奪回幽州治所薊城。

聽到這裡，石勒起身走下王位款款踱步，道：「按此情狀，段匹磾、邵續分兵兩廂，厭次兵力已少下來，我看可以出兵。」停下腳步，他兩眼直視張賓，道：「集中兵力攻厭次，先把這個降而復叛的邵續擒來。」

　　張賓也聽出了事變的機隙和消滅邵續之後的下一步征伐前景。只要他們分兵兩廂是事實，即可重兵擊邵續，張賓拱手參禮，道：「大王之見甚當。趁邵續兵弱之時攻厭次，段匹磾在重得薊城之前估計不願丟了厭次，會回兵來救，我可將兵把他截擊在回返路途中。」

　　石勒看眾將，道：「聽見了吧，右侯連厭次之戰後的下一步都看到了，焉能不勝？」他抬手直指孔萇，叫道，「孔萇將軍。」

　　孔萇趨前半步躬身參禮，道：「裨將在。」

　　石勒道：「段匹磾的侍衛畫出的厭次地形和兵力配備防守圖，你看到了沒有？」

　　孔萇回道：「看到了。」

　　石勒道：「你把地形圖與那個侍衛帶上，與中山公合攻邵續。右侯預見的下一步，可又是一場大仗。那時候，恐怕孤又要點你的將了。」

　　孔萇沒有說話，只是轉頭看向張賓。張賓沒想到石勒對他說的下一步這般在意，微笑著說「還只是一個設想」，表示他的謙虛，然後兩手相接躬身向石勒俯下，請石勒允許他隨軍去厭次。孔萇看見石勒微搖了一下頭，彎腰靠近張賓說已經與段

匹磾的侍衛接過頭了，按他悉知的段匹磾性格，他縊死劉琨落了罵名，再不願讓與其有過一段情誼的第二個忠於晉廷的藩屏將領遭受不測。只要得知我方出兵攻邵續的消息，他會不顧一切回兵厭次，那時張公你再來選擇伏擊之地。張賓這時眼睛石勒，道：「只看大王允不允去。」

當眾人轉臉看時，石勒正返到王位坐下，笑道：「這好說，到時候你我一起去。」

※

邵續是淮河之北大片領土丟失以後，露頭的一位堅持與後趙為敵的晉朝將領。在善良的司馬睿君臣眼裡，他唯一的汙點就是有過背叛晉朝投降石勒之行，而石勒則責備他降了又叛，有損人格，使邵續在很長一段日子裡，連走路都低頭埋臉不好意思見人。

邵續的樂陵太守一職，是晉大司馬、大都督幽州刺史王浚任命的。王浚敗亡，邵續孤危無倚，兒子邵乂作戰中又被趙國將士擒獲，卻意外地得到了石勒麾下督護一職。這職務讓邵續很有些驚異，感到羯人石勒對中原人士還不壞，也由於邵乂看望父親的走動，疏通了兩邊的往來。此勢之下，邵續遣使赴襄國城拜見石勒，表示願歸降後趙，但是使者回去不久，廨庭守衛兵卒進來稟報，道：「稟郡守，渤海劉公劉胤前來造訪。」

邵續道：「快快有請。」

吩咐完，邵續起身迎至門外，揖讓出手將劉胤請入，互致平禮坐了，邵續便感到氣氛有些不對。劉胤這個樂於稱道別人之人，每回登門造訪總是嘻嘻哈哈，稱讚邵續治理厭次有道，說厭次城牆加固了，巷陌整潔了，守衛廨庭的兵卒比以前懂事有禮了。這回進來坐了半天，沒有嘻哈之聲，只是看著邵續。邵續思索他今日怎麼這般模樣？於是開口叩問其詳。

　　劉胤是放棄渤海太守之職來依附邵續的。他頭戴籠冠，身穿大袖衫，像個品階低的小吏。聽說邵續降了石勒，他質問邵續為什麼背叛晉朝。

　　邵續大張了一下嘴，就裝糊塗，低下頭從侍兵手中接過盛湯水的陶碗遞給劉胤，道：「劉公見說了？」

　　劉胤的頭微微擺動一下，道：「棄明投暗這麼大風聲，連百姓都說你一腳踩錯跌跌茅坑，沾了一身臭。」他看著邵續直朝下低的頭，又往下說：「公乃我晉之良臣，為什麼委身從叛自取叛逆之名呢？」

　　這話如利錐剜甲心，專揀痛處，把邵續挑得滿腹又愧又悔，汗顏無語。

　　恰值此際，守門兵卒呈上一封書信，邵續打開來看，唸出段匹磾的名字，在座的劉胤忽地顏面一喜，哈哈笑著傾身一把抓過書信來看，脫口說出兩個字：「當歸。」

　　自任幽州刺史的段匹磾，以書信約邵續同歸江東輔佐司馬

睿，邵續頃刻皺了眉頭，很感為難——不單是自己已屬趙國官吏，更有兒子邵乂在石勒麾下，半晌下不了決心。劉胤知道他怕害了邵乂，丟出一句「不可因數而廢義」的話，又讓邵續臉燒心躁，失去冷靜，抓起筆墨丟給主簿，那主簿愣了半晌，說道：「郡守，你真格要……」

邵續搖頭長嘆了一聲，霍地挺身一站，道：「也罷，我邵續豁出去了，你擬書回覆段公，願與他同往江東佐元帝。」

劉胤拊掌，道：「哈哈，這就對了。」

可是邵續麾下部將不願叛來叛去，連袂進見邵續，道：「郡守，今少將軍（邵乂）已在後趙為將，石勒對他又非常器重，你不可不顧少將軍前程而復棄後趙而從晉。」

邵續不是沒有想過邵乂的處境。他這邊復叛，那邊邵乂人頭必然落地，這讓他的心在哭泣滴血，說道：「正如劉公所言，我歸石勒已負不義之名，安可一錯再錯？」

一個部將道：「末將真不明白，當初背叛晉朝走依石勒，連您自己都說這條路走對了；如今聽人說了幾句，倒又要叛趙而從晉。您以為這樣就洗掉『叛』字了？不，恰恰是去了一個『叛』，又背了一個『叛』，有什麼不同？」

那劉胤離座跳起，怒聲喝道：「棄晉是叛朝廷，棄石勒是叛反賊，豈可混淆？哼，誰再敢以此惑太守，我的劍可不是擺設。」

站在末尾緊靠門口的一位將軍，連連說道：「是是是，沒有不同，不可從北面再倒向南面。」

　　哧啦一聲，劉胤拔出佩劍，縱眉疾視門口和門外那些發出不同聲音的人，道：「養這等逆種做什麼？」一劍刺入身前一個將領的腹部，當下惹惱了屋內屋外眾將，都拔劍直指劉胤，要殺劉胤為自己的將領報仇。

　　這下，邵續慌了。他想劉胤是放棄官職來投靠自己的，怎能聽憑部屬在自己面前就把劉胤殺死呢？他急忙拔出佩劍立斬兩名持異議者，喝退眾將，草草取些盤纏派人護送劉胤去了江東。劉胤覲見司馬睿，諫他出兵馳援邵續，說北面藩鎮大吏只留下一個邵續了，倘若復為石勒所滅，何以面對忠臣義士！

　　晉元帝司馬睿極稱劉胤之見有理，但他又不願出兵，只在次日的早朝當眾拜劉胤為參軍，遙授邵續為平原太守兼領冀州刺史了事。

　　得到邵續復又遣使持表依附司馬睿的消息，石勒一時氣憤，先斬了邵乂，隨又起兵圍攻厭次，段匹磾差遣段文鴦率領騎兵馳救，石勒敗績而還。

　　沒有用勝仗消滅邵續，石勒心氣不平，張敬、張賓、孔萇、支雄耐心勸他等待時機，一直等到大興三年（西元三二〇年）春，石虎領大軍把厭次城包圍，派孔萇攻擊周邊的邵續兵營，一連拔掉十一個營壘。

第三十四回　降而復叛難遂願 悍將雖勇終力竭

　　在石虎圍城前，晉朝派來厭次傳旨的欽差王英，每天都會見邵續，促他出擊石虎，方好讓自己還朝覆旨。邵續惹不起這位欽差大員，天黑邀王英一同登城觀看趙軍圍城兵情。兩人從西城轉至南城門頂，城下射來一支箭，箭上繫一塊白帛，那白帛上潦草地寫著一行小字：「厭次城孤，當早做打算。」

　　末尾落款的名字，是邵續先前派到厭次之北探聽軍情的一個偵探。這使邵續立刻明白，他布置在厭次四周的兵營已全部被趙軍攻陷，如果沒有外援，或者說不主動外出與段匹磾兵馬靠攏，那就只有困死在這座孤城了。他所求的當然是生存下去，馬上決定自帶精銳北出與石虎交戰，留邵泊、邵緝、邵竺守城，視情從南門突出送王英南歸。

　　出得城來，邵續按他熟悉的捷徑北走，在厭次與樂陵之間遭遇石虎精銳兵馬的阻擊，改變路線繞行，也沒有走出去。他直搖頭，怎麼也想不清哪裡出了紕漏，趙軍總能察覺出自己的行進意圖。想讓前哨回軍接應，又聯絡不到前面的將領，最終下令後尾做前隊回撤，被趙將孔萇布下的伏兵把他的人馬攔腰截斷，隔在前面的兵馬奮力回衝到距離「邵」字將旗只差數丈之地了，一支火把倏忽燃起，光亮裡的「邵」字旗下一人落馬。在「郡守」「快救郡守」的嘶喊聲中，執槍持戟撲上去救人的將士，都被趙軍一員悍將的長槍挑翻。火把的光一閃一閃的，

沒有看清這員悍將的臉。

後趙國中山公石虎和大將孔萇生擒邵續，孔萇說道：「你不是說你知兵，沒打過敗仗嗎？以我看，你的知兵也只是嘴上說說而已。」

低頭自我慚愧的邵續，好一陣才抬手擦了擦眼睛，嘆一口氣，道：「老天爺不佐。」

孔萇朝他淡淡地一笑，大聲說道：「此仗在你數載盤踞而熟稔的地盤上打，你又率領數萬之眾打輸了，還不肯承認自己不懂兵法，反歸咎於老天爺，你也不臉紅？」

邵續已經看見了同樣被俘的前哨幾個將領，憤然說道：「若是老天爺佐我，我的前哨將士會因為接不到將令而坐失戰機嗎？若是前哨將士及時得到將令，在那岔道口憑險阻擊你的兵馬不是稍慢了一步，那麼我的主力能不順利北出嗎？」種種疑問，都使邵續認為若不是老天偏愛後趙，他絕不會落到這一步。

石虎不想聽他怨天怨地的唸叨，抬腳前邁，道：「我給你一個贖罪的機會，去厭次城下喊話勸你的親族諸人開城投降，可以赦你不死。」

邵續哀嘆一聲，搖頭道：「我不求生，願就此而死。」

孔萇道：「會讓你死的，但要等厭次舉城而降之後。」

聽了這話，邵續冷眼盯住孔萇想了想，心念突轉，說道：「你要這樣說，我可以去。」

　　第二天一早，石虎、孔萇押解邵續返到厭次城下，望見邵泊在城牆上晃動了一下，這表明王英沒有走成，後悔得邵續全身鬆軟撲通一聲坐在地上。騎在馬上的石虎朝他脊背上抽去一鞭，一轉鞭又朝幾個兵卒抽去，喝道：「把他抓起來喊話。」

　　那些兵卒聞命上前，發狠抓住邵續反綁在背後的手，威喝道：「喊！」

　　邵續張了一下嘴，沒有喊出聲，兵卒們眼望石虎推了一把邵續，道：「你喊不喊？」

　　邵續點頭說喊，站定向城上喊出的話卻是他志在報國，不幸遭彼所俘。爾等合德勉力奉戴匹磾為主守城，勿生貳心。

　　石虎聽了很惱火，拔劍朝邵續刺去。孔萇迅疾出劍把他的劍挑開，躬身參禮勸他把邵續押回朝裡交給大王處置為妥。

　　孔萇此舉把在場的幾位將領嚇呆了，暗自擔憂他必遭石虎責罵。眾人小心窺視石虎，見他正把劍往腰間插去。

※

　　掌管餉秣的度支校尉，這天剛把南線將領催促調撥軍餉的奏表呈給石勒，石勒召來左右長史諸人酌定撥付數額，殿門衛士入殿稟報說中山公差人押送晉冀州刺史邵續在外面候旨。忙於批閱奏表的石勒，說了一聲「推出去斬首」，忽又改口喊出一聲「且慢」，放下奏表起身出殿為邵續親釋其縛，以禮相待，授以從事中郎之職，下詔曰：「至今以後克敵，所獲士人不得擅

殺，必生致之。」

　　想不到的是，邵續並不領情，一天到晚或在宮廷大院清閒地散步，或到城外幫農夫做莊稼工作，根本沒有履職的心思。邵續與石虎交兵的那天，派出去聯絡段匹磾、段文鴦回救厭次的使者才見到段氏兄弟，他們就急從北面回兵南發，但沒到厭次即得到邵續兵敗被擒的消息。段匹磾下令將士驅進，只是他沒有探清石虎和孔萇的兵馬，早已埋伏在擒獲邵續不遠的地方，他的主力在那裡遭受重創，兄弟兩人只帶著不足千人的親兵力戰進入厭次。石虎、孔萇連攻數日沒有攻破厭次城，反被段文鴦採用突襲之法攻擊孔萇營地。鏖戰之中，又有邵續之女與她的丈夫王遐二將，領了三千人的偏師來助段文鴦。這是一支訓練有素的兵馬，拚殺勇猛，許多將士沒有見過女將上陣，都像看新奇事物那樣停了廝殺，孔萇部眾竟被晉兵打得大敗，死傷千餘。

　　這位歷經滄桑、生平坎坷的疆場宿將孔萇，吃了敗仗脫掉頭盔端在手上，通稟進入石虎營帳請罪，跪下道：「是裨將大意以致此敗，甘願受罰。」

　　本來面朝帳門坐在帳中的石虎，看見孔萇手端頭盔進入，身子一轉背對門，不想理會。當孔萇第二次說「甘願受罰」時，石虎呼地站起來，大步邁出帳門，侍奉他的侍衛跟了出去，看見外面灑下粉末狀細密的小雨，又返進帳中取了一件竹製雨笠遞給石虎，石虎拿到手上就扔了，問道：「他還跪著？」

　　侍衛兩眼斜瞟帳門，道：「您不發話他不敢起來。」

　　隔了一段時間，石虎又命侍衛去看看孔萇起來沒有。孔萇知道石虎就在帳外，想自行起來到外面去見他，忽聽腳步聲走近，又原樣跪好。見進來的是侍衛，孔萇自己站起來出門向石虎參禮，道：「中山公不願責罰裨將，裨將回去讓將士反綁手臂在兵營自罰一天，以示王法不宥，告辭。」

　　石虎看著孔萇，從鼻孔裡哼出一聲，道：「你孔萇是大王的大將軍，我石虎可不敢責罰你。」

　　明顯聽出石虎話中有話，但孔萇想了半天也沒想出自己哪裡得罪了他，倒是有兩件事情讓石虎不悅——一是襄國城突門戰鮮卑兵，石虎自請統督此戰。石勒說這一役關乎存亡，非同小可，孔萇將軍比你持重多智，讓他都督為好。二是樂平之戰後，箕澹、衛雄逃到代郡，張賓進言乘勝追擊，石勒吩咐即刻點將出兵，一點又點到孔萇頭上。待孔萇用兩個木匣盛著箕澹、衛雄之頭歸來之時，石勒設宴慶功，親賜孔萇酏醴三爵，當下就見石虎陰沉著臉轉看帳外。將領們結伴都到孔萇兵營祝賀，只石虎沒有去……孔萇默視石虎，拱手道：「裨將若有對中山公不敬的地方，任你怎樣處置都可以，然你把大王也連帶進來，這不好吧？」

　　石虎用忌恨的目光略掃一下孔萇，迅疾把目光移向別處。

　　但是孔萇沒有被這種目光懾服。他離開石虎的時候，一位

部將迎面走來報說厭次城衝出一支兵馬，擂鼓前來尋戰。

石虎聽罷，揮手大喝道：「備馬！」

情緒有些失控的石虎，可能覺得這樣丟下孔萇走開不好，上馬走了幾步，又勒住韁彎命孔萇帶兵攻打樂陵城的那些殘兵，自己去會會從厭次而來的段氏兄弟。

出了兵營里許，望見「段」字旗下閃出鮮卑勇將段文鴦，石虎揮鞭策馬衝入鮮卑段氏的兵馬陣營之中。

已經固守不出十餘天的段文鴦，今日旦食之時從城牆階梯走下，實想去邵緝那裡為他叔姪幾個人打打氣的，才走到門口，裡面的說話聲就傳出來，只聽得邵緝說道：「叔父前天還說樂安城高牆厚、箭垛多，您又操練過一百多名弩箭手，好守，今日倒又說守不住了，為什麼？」

邵泊道：「前天是前天，今日是今日，不一樣。」

停了一下，邵緝重重地一嘆，道：「樂安若守不住，這厭次不是更孤立了？孤城不勝困，怎麼辦？」

邵泊道：「面臨強大的趙軍攻擊，不是瞬間可以改變的。我改變不了，你也一樣。」

邵氏叔姪的這些話，讓段文鴦感到從來沒有過的失望：我兄弟一片真心幫你支撐殘局，你邵泊連守城的勇氣都沒有了，你算什麼通力一體抗擊趙軍的將領！他難抑胸中湧動的憤懣之氣，返身離開。

第三十四回　降而復叛難遂願 悍將雖勇終力竭

　　裡面的人覺察到了腳步聲，邵緝出門來看，朝背影叫了一聲「文鴦將軍」。段文鴦沒有回頭，徑直去了段匹磾營帳，邵緝、邵泊隨即跟了過來，一臉虔誠躬下身去向段文鴦賠禮。

　　段文鴦不只有鮮卑人的勇武，還是一位極重民心的將領，他對段匹磾說道：「百姓知我為鮮卑段氏一代勇士，希望以我勇武來捍衛他們，然我糧草幾盡，將士飢困戰志已去，實難維繫長久。作為戰守一方的將領，我不能眼睜睜地看著城內兵民受困、城外趙兵搶掠而不顧，願出城決一死戰，能扭轉戰局更好，倘使慘敗，也比龜縮在城裡等死痛快些。」

　　段匹磾仰一下頭，道：「你的擔心在理，可眼下我弱敵強，只能固守待援。」

　　段文鴦冷冷一笑，道：「不要空想了，哪有兵馬來援！」盯著邵泊嘆息幾聲，段文鴦轉身向段匹磾施了一禮，道：「小弟剛在城上看過，圍在西門外面的敵兵已有懈怠，我現下出城一戰，殺退敵兵，征些糧草回來。」

　　段匹磾搖手，道：「不可造次。如果要去，為兄與邵家幾位將軍為你掠陣。」

　　邵緝道：「是，我幾個一同出城。」

　　段文鴦發狠道：「勝敗在此一戰！」

　　西城門大開，段文鴦率領早已挑選好的精兵悍將百餘騎出城迎戰圍城之兵。六大猛將圍住石虎廝殺，石虎越戰越勇，把

六將中的兩將挑下馬來。眼看留下的四將招架不住，段文鴦躍馬過來敵住，戰罷多時，他的白驃海騮馬氣力耗盡，倒地不起。石虎見他用鞭抽打疲憊的戰馬，勸道：「你我皆為夷狄，當合為一家，為何要戰呢？請釋兵刃，吾等同修世好如何？」

段文鴦冷冷道：「誰與你一家？誰與你修好？你這反賊，該死已久，待我一槍挑死你。」

石虎總想勸降他，望著自己的將士把段文鴦帶的兵馬切割成這裡一簇那裡一片的廝殺場面，道：「睜眼看看你還剩下幾個人？憑什麼再戰？還不放下兵器！」

段文鴦兩手用力揮動長矛再戰，才想到自己坐在倒臥難起的馬背上，焦急地抽打了幾下馬腹，那馬嘶鳴著動彈了一陣，還是沒有站起來。見馬實在無力載他叱吒疆場了，段文鴦抬腿下來，傷心道：「你載我征戰十來年不容易，是我太勞頓你了。你且歇歇，待我殺了這反賊，回營把你供養起來。」他躬身向海騮馬恭敬行一禮，轉身去戰石虎，那馬卻哀鳴一聲，段文鴦趕忙回轉幾步，看了看馬兩隻眼下的兩道淚痕，傷心地拍拍牠的頭，撫慰道：「等我。」

海騮馬豎著兩隻耳朵直朝他看，卻再也沒有等到他回來……

段文鴦棄馬步戰，使出長矛直刺石虎。石虎此時還不想取段文鴦的性命，他早有陰蓄武士之私，想勸降以為己用。事實

　　上，段文鴦之勇不次於石虎，只因他今天是賭氣而來，入陣拚殺又過猛烈，體力消耗過多。這時略一緩氣，猛揮長矛與石虎畫戟一撞，矛柄折為兩截，慌得他抽刀迎戰。從午前戰到午後，趙軍將士解下戰馬障泥護身四面圍上去，段文鴦力竭被擒。

　　望見敵兵生擒段文鴦，段匹磾縱馬朝前撲去，大叫道：「小弟──」

第三十五回

邵泊翻臉劫主將 匹磾懷晉執符節

邵緝向他的將士猛一揮手，也要出馬去救，邵泊朝左邊一傾，一把抓住邵緝的馬韁，道：「哪裡用得著你去。」

邵緝道：「掠陣職在壯膽威應不測，今文鴦將軍陷入敵陣，段公也已躍馬出救，你我理應揮戈出陣幫他。」

邵泊道：「你不可錯會叔父之意，憑段公本領還怕救不回一個文鴦？你我這般劣等將領，去了幫不上多少忙，段公還得顧及敵兵傷了你，反成了他的累贅。再者，城裡只有邵竺，你我得趕快回去，守城要緊。」

邵緝聚神凝思，叔父今天怎麼這樣反常，難道想讓段公死在敵兵之手？他搖搖頭試圖否定自己的猜想，但又沒有別的理由取代這樣的想法，於是道：「您就用這樣的理由哄我回去？」邵緝手勒韁彎後退少許，轉臉看邵泊，道：「我沒有見您與段公有過什麼糾葛，可此際對他這般態度使我不解。照此下去，還怎麼合力禦敵！」

從聽到段匹磾殺了劉琨那時起，邵泊就把段匹磾看成狼一樣的惡人。多少日子以來，他想過與這個人可能會出現的某種爭鬥，以爭鬥的方式擺脫他，或者除掉他。現下，擺脫或者除掉的機隙終於來臨了，他一個人帶兵去救文鴦，恰是狼入虎群，能死在石虎大軍圍攻廝殺的陣前更好；若是死不到陣前，也不能由他繼續在身邊威脅自己的安全。顯然，邵泊已經看出邵緝懷疑他不助段匹磾救段文鴦的心底所隱了，但萬沒料到邵

緝不僅不給他面子，而且還以大話壓他。厭次是邵續鎮守之地，邵又罹難，以排行邵緝即是邵家嗣子。邵續被俘，暫主厭次之政者自屬邵緝，所以邵泊微微一笑，道：「鮮卑段氏兄弟與你父親是抵抗趙兵北侵的患難盟友，我厭次能在後趙國腹地獨立支撐至今，也幸有段氏兄弟的無私相助，叔父我焉能對段公心懷不誠不出馬去救文鴦？可你看看石虎之眾，得勝回師的腳步為什麼那麼緩慢，是不是想把我主力拖在此處，而以奇兵另遣重將襲我厭次呢？厭次是我根本，根本若有失，那可就枉費了你父親城下喊話之託了。」邵泊終於拿出尊輩的威嚴來，半旋馬頭，說：「沒有什麼可遲疑的了，收兵跟我回去。」

邵緝還在猶豫，他的親兵沒有他的命令，不敢輕舉妄動。邵泊卻指使自己的親兵推轉邵緝的馬頭，逼他回走，邵緝一路嘆息不絕。

入城後，邵泊直接將邵緝送到後排庭屋，讓自己的親兵陪他飲酒，還擺出一副笑臉，說道：「你們幾個好好侍候少將軍，我去接段公。」

段匹磾救不回段文鴦，含淚掉頭往城裡撤退。

待段匹磾走到郡守治所門前，一眼望見樂安內使邵泊身披鎧甲，高坐臺階之上，一干武士侍立兩旁，他不覺一驚，倒也並未忙怯，大步上前質問邵泊，道：「是誰下令收兵的？我救人未歸，你不去助我，還要提前收兵回營，連一點陣前常例都不懂？」

第三十五回 邵泊翻臉劫主將 匹碑懷晉執符節

邵泊哈哈大笑，道：「你段公說得倒有幾分道理，但我沒有工夫與你扯這些。」他臉色一陰，呼的一聲站起，發狠喝出一聲：「給我拿下！」見邵泊氣勢洶洶，段匹碑頓感事態驟變，一面亢顏說道：「你邵泊可真敢作惡！」一面急出手去拔佩劍，但劍還沒有拔出來，兩邊伏甲武士就擁上去將他綁了，把他往那邊一輛檻車上推去。

第二個要綁的自然是欽差王英。

在那種王權至上的時代，王英極力顯示自己的高貴，他把臉一斜，兩眼一橫，沒把邵泊放在眼裡，手指眾人大喝一聲：「我是朝廷的欽差，誰敢綁我！」

邵泊陰森森一笑，瞬間滿臉殺氣，道：「你是欽差，本內使原也尊你是欽差，現下你在本內使眼裡連狗都不如，有什麼不敢綁的！」邵泊轉臉朝向他的武士，問道：「你們說是不是？」

那些武士應一聲：「是。」

被押的段匹碑，挺身向前，道：「邵泊，我任你拿去，可王公是朝廷的欽差，身負皇命，你拿他是死罪。」

邵泊道：「那就看誰先死吧。」他向武士暗使眼色，道：「還不動手！」那些武士又將王英綁了個結結實實。邵泊此行，恰如火裡加薪，段匹碑怒火中燒，用盡力氣掙脫繩索，飛腳掃倒押他的武士，奪了一把劍衝向邵泊，因受阻於眾兵卒，將劍用力朝邵泊投去，惜沒有擊中，扎進護衛邵泊的一個武士右眼裡。

邵泊看一眼倒地而死的武士，打了一個冷顫，兩手托住身前人的肩膀，喊道：「快快快，快再把他綁了！」那些武士和親兵持刀執槍去抓段匹磾，段匹磾用腳尖挑起散落在地的一把刀拿在手上，與那些人混戰在一起。邵泊的武士和親兵憑了人多，架住了段匹磾的刀。段匹磾急往後退，被一具屍體絆倒，攻擊他的人又被他絆倒，把他壓在下面，取來繩索又要捆綁。段氏兄弟從薊城帶來的鮮卑將士，撲上去把段匹磾救起，又是一番砍殺，兩廂的人死傷滿地……

邵緝被兵卒擁在中間飲酒，隱約聽見前院有變，急問發生了什麼事。

一個兵卒剛要張嘴回話，另一個兵卒忙對他搖頭，邵緝拔劍刺死這個搖頭的兵卒，嚇得那個準備回話的兵卒撲通跪下說出了實情：「敢是內使（邵泊）要押段公出降趙軍引起了紛擾。」

當下明白了一切，邵緝用劍劈開已被閂死的木板門外走，但守在門口的一干兵卒不放他出去。他抓住一個兵卒的頭髮，用劍戳進他的胸膛，左右皆驚，一哄而散，邵緝這才一口氣跑到前院。他略看一眼滿地的屍體，揮劍大喝道：「都給我住手！」

對峙廝殺的雙方將士此際已經殺紅了眼，哪肯甘休。邵緝又連喊了幾遍「住手，住手」，提劍去殺邵泊，直呼其名道：「邵

泊你出來，本將軍今日不殺你這個製造這場血案的禍首，死於地下的士卒何以瞑目！」

邵泊急朝後閃，幾十名親信武士護衛在他身前。邵緝怒氣難抑，衝上去要殺邵泊。邵泊一邊連連倒退，一邊又作勢喊叫：「快護衛少將軍回屋裡去！」那些親信武士會意而行，撲過去將邵緝推進一間空屋。邵緝在屋裡面大罵邵泊竟敢軟禁他，待他出去之後定對邵泊行車裂之刑，同時用劍劈砍屋門。此時，門嘩啦一下敞開，邵竺從門外進來站定參禮，道：「他（邵泊）使少將軍你生氣了，可這也是怕傷著少將軍才下此狠心。」

邵緝道：「什麼怕傷了我？他是怕我阻撓他拿段公，只是我不明白段公因何惹下了他。」

邵竺要扶邵緝坐下，邵緝反朝門外走，說道：「邵泊之罪，天人不宥。他不死，又不知有多少士卒會死於他的愚弄之下。」

邵竺上前勸阻，道：「少將軍，他……他不可殺。」

邵緝道：「那就任由他去殺段公？」

邵竺道：「段公匹磾是石勒死敵。王浚死後，北邊騷擾、攻伐、抗禦石勒的許多戰事，皆段氏兄弟之策動，包括叔父背叛後趙。因叔父降而復叛，石勒親征我厭次，段文鴦按段公授意密計出戰，把石勒打得大敗，一直追擊到樂安，石勒恨不得把段公腰斬一百回。」他想了一些說服邵緝的說辭：「現下厭次之

狀，不降就得死。邵泊想臣服石勒為部下謀一條活路，然而降石勒便不能不把段公獻上。」

但邵緝聽不進去，他把手裡的劍用力一揮，道：「錯錯錯。段公兄弟對我厭次的援救，有一種捨命般的真誠。數載所為，皆為我厭次存亡，很難說清厭次一境有多少將士和百姓是活在他兄弟的救援之下的，這一事實，是抹殺不了的。他邵泊不生感激，還要害他，這是邵家歷來做事做人之理嗎？不行，我們不能做有害段公之事。」

邵竺道：「事前估量段公不會甘願被執，所以釀出人命，可你得想到叔父有勇氣這樣做，是冒上性命的，且容他做成這件事，以後我來監督，沒有你的允許，誰也不能妄行如何？」

邵緝語氣堅決，道：「沒有以後。」

他沒讓邵竺再說下去，大步踏出門外就走。邵泊安排看守邵緝的那些兵卒，已見方才看守兵卒被殺之例，又見他怒顏執劍，誰還願意上前去送死。被甩在後面的邵竺，跑步追到前院才算追上邵緝，但載著段匹磾的檻車已向前行。望見站在車裡的段匹磾與王英背靠背捆綁在一起，捆綁的粗麻繩一匝又一匝從肩下排到臀部，段匹磾不停地怒罵道：「邵泊，你拿我的命去換你的不死可以，然你把王公放了，他是朝廷差遣來傳旨的特使。」

邵泊嗤笑一聲還沒有答話，邵緝的劍已經劈了過去，邵竺前縱一步疾出左手架了一下他的手臂，右手用力去奪劍。邵緝

前撲去打邵泊，邵泊挨了一掌，低頭鑽到一排武士身後，張起兩手大叫：「車在哪？快把少將軍護送到車上！」

眾親兵連擁帶推，把邵緝扶上一輛木製轎車，邵竺也上去坐了，跟在邵泊的馬後離開厭次城。

邵泊劫持了段匹磾和王英，領了邵緝、邵竺出降石虎。段匹磾見了石虎，凜然說道：「我受晉恩，志在滅你這些反賊。無奈邵泊翻臉，落此不幸，但我不會奉戴爾等的王朝的。」

石虎雖然殘暴好殺，但對段匹磾倒手下留情，派兵將他與王英、段文鴦及邵氏叔姪數人送回襄國城，石勒授段匹磾為冠軍將軍、段文鴦為左中郎將之職。

※

石勒召見段氏兄弟授予職銜的時候，段匹磾跛著一隻腳，走到石勒面前長揖就座，坐下來就去揉腳腕，押解他的將領唰地一揮臂，大聲嚷道：「面對大王，怎可……」

段匹磾雖流年不利，聲名早已黯淡下來，但他高傲不屈，斜視呵斥他的將領一眼。石勒暗中對那將領搖了搖頭，然後指一下段匹磾的腳，道：「怎麼回事？」

段匹磾說道：「狗咬的。」

石勒呵呵一笑，道：「噢，哪隻狗敢咬孤的大將軍呀？」

段匹磾噓氣不語，石勒看出他仇視的目光直指邵泊，當下明白不是自己的將士所為，就不想多問這件事了。同時被劫來

的晉朝欽差王英，這時候走過來揖讓出手，邀段匹磾一起出去走走。段匹磾用蔑視的眼神看了一下身邊所有的人，輕輕揉了揉腳腕處，慢慢地站起來，等待王英來為他披衣。王英看出段匹磾是有意要在石勒面前顯示他的尊貴，便放下欽差的身段幫他披上了。

王英知道段匹磾的腳腕是在反抗邵泊以威力強迫他投降趙軍時被打傷的。在邵泊打傷他的腳腕之前，邵泊要將王英當作見面禮送給石虎，被段匹磾斷然喝止。那場面，讓邵泊的臉窘得很難看。此時，段匹磾兩手叉腰走到邵泊面前，唬得邵泊訕笑著說，他只是想看看段匹磾是真心向晉，還是假心向晉而已。說了這些話之後，就鑽回自己住處去了。王英望一眼邵泊的門帷，拱手對段匹磾道：「我看邵泊陰毒且不服，你得多加防範。」

段匹磾道：「王公你歇去吧，匹磾不會有事。」

已經從傷痛中挺過來的段匹磾，早不是押解來時的狼狽樣了。他穿著晉朝的朝服，手執晉朝符節，高揚起臉大聲自說自話，他是大晉之臣，他忠於晉朝。他不願承認他的晉臣已成歷史，還想像當年進入薊城時那樣，以為喊叫兩聲就能贏得如原幽州刺史王浚殘餘勢力對他的支持與擁戴，可現今是在後趙國的都城，除了那些被石虎、孔萇俘獲而來的鮮卑士卒，其餘的人對此充耳不聞。

第三十五回　邵泊翻臉劫主將 匹磾懷晉執符節

　　段匹磾忖度，那些見了自己躲閃的降卒，多半是人在後趙心在晉，只不過是不敢像自己一樣表達出來而已，這給了段匹磾繼續與後趙為敵的勇氣。倒是石勒對他很寬容，也像前些年苟晞被俘在漢軍兵營那樣，段匹磾可以在大營內外到處走到處看，有敢阻攔者必遭其拳打腳踢。段匹磾像走在屬於他特有的領地上，順著崇訓宮向西延伸的甬道直朝武庫走去。

　　武庫是儲備兵器之重地，門頂閣樓聳立，四面有長方形瞭望窗臺，通常是敞開的。此刻瞭望窗臺有兩個人向外看，其中平幘絳服的將領說道：「走來的人像段將軍。」

　　說完後，他抬腳下了閣樓，加入宿衛武庫大門兵卒一班四人的行列。五個人集中起來，嚴整排列守在門口，他自己站在正中，對走近的段匹磾躬身參禮，婉謝道：「此乃武庫重地，請將軍就此止步。」

　　段匹磾的腳步照樣前邁，到了那個勸他止步的將領面前一腳把他踢倒。那將領朝站起，又趕忙躬身下去，道：「請將軍止步。」段匹磾又是放肆的一腳，道：「我只是到後面看看，礙你什麼事！」

　　那將領道：「不是礙末將什麼事，大王有令，沒有大王手令或口諭，任何人不得擅自進入。」

　　段匹磾揚了一下手中的符節，道：「他的禁令禁不住我。」

　　那將領道：「那後面沒有別的，是草坪。」

段匹磾說他就是為看草坪而來，又把那將領踢倒以後，用手裡的符節撥撥堵在門口的守兵，硬往裡面走去。

那將領對段匹磾私闖武庫甚為氣憤，不等石勒召見，自己就上殿去稟奏段匹磾的妄行，道：「他直闖進後面草坪，像是要尋找什麼？」

石勒有些茫然，道：「他能尋找什麼？」

那將領道：「末將也說不清。」

到了晡時，石勒由石會侍隨出來大殿，順甬道漫步過來轉向左邊往膳庭去的轉角處，停下來看膳童在淨水池裡汲水。段匹磾從旁邊跑過來，截住石勒，大聲喝問：「石勒，你把邵續將軍殺了埋到哪裡了？」

站在石勒身邊的石會正要諫石勒命段匹磾到殿堂去說這件事，石勒卻以很強硬的口氣道：「孤怎麼對他那是孤的事，不勞你操心。」

段匹磾冷笑一聲，隨之高揚起面孔，道：「怎麼，你是怕我揭露你見不得人的醜行吧？」

石勒對段匹磾縊死曾為他牛車歸母的劉琨，早積怨在胸。石虎從厭次將他押來那天，就很想一劍結果了這個不義之徒，被張賓那句「寬仁待之，天下歸之」的話攔了下來。現在段匹磾這刺耳的話語又觸動了他的前怨，他揮袂大叫「來人」，四個平幘執刀武士聞聲過來候旨，石會靠近石勒，諫道：「以他的

才略，不殺為好。」

石勒眨了眨眼睛，道：「不能殺，但也不能放。」

石會勸石勒遣散了武士，又深俯下身揖禮，道：「大王如果以為可以，我帶他去看看邵續。」

石勒想了一下，點了點頭。

※

石會領了段匹磾直入花園深處，接近一座草廬時說道：「邵公就在這裡。」段匹磾用懷疑的眼光看著石會，道：「這……這不是……」

石會道：「當然不是墓地了，大王不忍心殺他。」石會伸手扶段匹磾稍停，自己上前叩門，道：「邵公開門。」

裡面沒有人應聲，石會道：「估計去巷陌賣菜去了。」

段匹磾也叫了幾聲，還是無人應答，轉身仰起臉看，鳥窩形草廬、獨扇門洞、長了苔蘚的土牆，都無情地顯示著此地的沉寂和落寞，他詫愕道：「石將軍，邵將軍即使沒有被殺，也不應該住在這等地方呀！」他拔腿來到牆角外面，大聲嚷道：「石勒，你太侮辱人了，是何將一個堂堂的將軍囚禁到這等冷落之地？」

石會大邁一步跟過去，道：「閉上你的臭嘴，你知道什麼，休要胡言亂語。」

硬朗朗的語氣，鎮住了段匹磾。他沉下頭，倒轉過身來又

朝向草廬，石會趁此揖讓出手，請他去看邵續的菜園，道：「邵公自來到這裡，拒絕為大王做事，只求盡其四肢之勤，從事農耕。大王不許，他就在這花園盡頭自辟一角，平為良田，灌園種菜交市，做衣食之資。大王稱他是灌園高士，每臨朝，以邵公自耕自給之德行勉勖百僚。」說話之間，石會朝面對的方向叫了一聲：「邵公！」

順著石會所指看過去，迎面走來的是一位農夫，披頭散髮，挽著兩條褲腿，略見佝僂的腰背上背了一個荊簍，段匹磾問石會：「他是邵將軍？」

石會道：「正是。」

段匹磾與石會說話，邵續看見了他，自語一聲：「呃，他何以尋到這裡來了？」轉身朝後返。石會趕過去把他勸回來，將兩人讓進草廬，自己走開。段匹磾這才朝邵續深施一禮，道：「穿朝服，執晉節，只表明我心繫晉朝，又不吃人，你躲什麼？」

邵續發現段匹磾那雙鮮卑勇士不屈的眼睛死死盯在自己身上，感到渾身陣陣發緊，臉現愧色，一直不願抬頭，道：「我是無顏見你。」停了半晌，緩緩嘆出聲來：「那天你北出臨走，囑我頓兵堅械，無論哪路敵兵來犯，都要緊閉城門死守，我竟聽信你留給偵探的隻言片語領了人馬出城，落得如此下場。」

不相信那個鮮卑偵探會做出這等糊塗事來，段匹磾當即吩咐跟隨來的侍衛把那個偵探叫來盤問，方知邵續得到的那支纏

第三十五回　邵泊翻臉劫主將 匹磾懷晉執符節

有白帛字條的箭，是他被擄入趙軍兵營之後，石虎偽以段匹磾的名字射的，這使邵續低沉的頭更無法抬了。段匹磾看他一眼，道：「不是你臨事少察，是石虎敏達好兵，比你我更長於計謀。」

邵續搖著頭唉聲嘆氣。

邵續不住地傷感嘆息，似乎使段匹磾感到下面的話該怎樣說了，他道：「這朝廷方面，也太不把河水之北國土當回事了。北面所有州郡大吏全都覆沒，只剩下你獨立禦敵，也不遣兵來援，真讓義士寒心。」

段匹磾的寬慰，依然未能稍釋這位戰場名將的愧疚之情。邵續扭過一旁，抓一把草葉塞進爐灶，埋在火灰當中的木炭很快燃起火苗，紅紅的火光撩摸著邵續，他不知道是燙還是癢得難受，站起來取了一些硬柴添進去，說道：「段公，你請安坐，待我為你煮些飯食。」

你邵續能為我煮什麼吃？段匹磾這麼想著，說道：「倒不如你我到膳庭去，興許膳夫們為石勒預備的酏醴加文火燉羊臠[01]已經做好了，可以先裝進我們的肚子裡。」

邵續這時候仰了仰半天不想抬起的臉，道：「還是吃自己的有志氣，不去。」

段匹磾略一笑，道：「恭敬不如從命，我隨你。不過，我見那個陶鍋裡剩有糒食，不會又是粗糒之食吧？」

01　切成小塊的肉。

邵續幽恨的目光直對著鍋灶，道：「將就些吧。我灌園賣菜所獲，除了穿衣買鹽，剩下的只夠吃糯米和芹菜。」

吃罷飯食，邵續邊與段匹磾說話，邊轉身把荊簍放到門後。段匹磾望望門外，低聲道：「將軍征戰半生，慣於疆場廝殺，這農夫之事焉是將軍做得！此處也不是你我久留之地，哪天我帶你逃走。劉胤到了那邊做了朝廷吏部郎，他差人來過，說北伐將軍祖豫州（祖逖）的前鋒已近譙城，說足了，也只一兩日之程。」

邵續倒像又在專心關注爐灶火苗的大小，半晌才微微搖了一下頦部的蒼鬚，段匹磾道：「你不相信劉胤所說是真？」

厭次慘敗，讓邵續羞愧得只留下灌園賣菜這點最後的志趣了。他手心朝上向外一攤，含蓄卻明瞭地讓段匹磾看看他前半生都做了些什麼 ── 背叛朝廷投石勒，白投了；拋開石勒返晉朝，白返了；大大小小幾十仗，白打了；我邵續這般精明之人，竟被一個羯族小將石季龍的一支箭射進恥辱裡，成了俘虜，還怎麼能立於晉廷朝班之列呢？所以他想自己只能生活在眼下屬於他的這處領地裡，嘆道：「我可沒有劉胤那份從渤海奔到建康去做朝臣的狂熱，不去。」

段匹磾道：「你不去那邊，就沒人說你投來投去了？」

邵續揚了揚眉，道：「你沒有在路上留下痕跡，別人想找也找不到。」

　　邵續與段匹磾互相凝視著，乾坐了一陣子之後，道：「這些年翻來覆去的諸多往事，使我想起幼年就讀郡序[02]之時，一位尊師講過的一個故事裡所隱的哲理：春秋時有一次齊國軍隊進攻魯國，兵近單父，單父百姓要求在齊兵進入之前把成熟的麥子搶收回去。時任單父宰的宓子賤則不同意，他以如果趁此搶收，會使一些人借勢胡搶亂劫發麥子之財的道理說服百姓，下令把麥子留給齊兵。容麥子之失，而得民風不變壞之益。依此事理想來，走一處有一處之得，也有其所失，去到哪裡又能怎樣？」他看一眼草廬，雖然簡陋，卻是自己的心血，所以又道：「還是讓餘生在這座親手築就的草廬裡度過吧。這樣活，舒心。」

　　段匹磾見邵續抬手擦眼淚，自己也心酸起來，趕快轉臉朝向草廬門外的遠處，想了一陣子戰守在厭次時的邵續，又看看身前現在的邵續，他不怕孤單，不祈望顯達富貴，痴於灌園賣菜──他的難遂之願在這裡留下另一種影子，便說道：「按說，君子處世，各取其道，你願意留在這裡就在這裡吧。可是，恐怕他（石勒）不會容你平平安安過下去。」

　　邵續不想將此話題延續下去，只道：「我在變，他也在變，世事都在變，也不一定。」

　　※

02　古代郡一級政府辦的學校。

見了見邵續，段匹磾孤寂的心得到了某種充實，只是如何勸他隨自己同歸江東，又成了他的憂思。與邵續初識時，他已經是太守，是一個名氣不小的戰將。兩人族類不同，但性情接近，相處頗為融洽，常在一起傾吐肝膽，互啟愚懦，這使段匹磾實在不忍拋下這位在抗擊後趙兵馬的作戰中，互為策應支援的老友而獨自南行。躺在鋪榻上的段匹磾，深深地長噓了一口氣，覺得如這般孤單與寂寞待在這空曠靜謐的屋子裡，還不如起來再去看邵續，縱使勸不動他，還是可以說些心裡話的。

　　他掀開門帷出來，正見一列端槍巡哨兵卒從那邊走過來。他隨在這列巡哨兵卒身後前走不遠，一眼望見那片空地的蓬蒿有些抖動，他被這種抖動牽著走過去，一隻黑而大的套囊忽地從空中落下，嚇得他啊呀一聲驚叫的工夫，早被按倒在地……

　　巡哨兵卒將段匹磾從水池裡打撈上來，已過子時。仔細看去，見他亂髮下的頭皮至鬢角的部位滲血，身上那件象徵晉臣的朝服，水滴嗒啦往下掉，巡哨兵卒叫侍兵們抬了段匹磾去見石勒。石勒看見他那模樣，哈哈大笑起來，道：「是哪隻野性不改的狗，又咬了孤的大將軍呀？」

　　段匹磾發狠回道：「邵泊。」

　　聽他又說是邵泊，石勒馬上斂容，道：「憑什麼說是他？」

　　石勒讓侍兵扶段匹磾坐下，段匹磾說出了事發之前看到的情狀。當時他站在門口望見邵泊從巡哨兵卒的後面遽忽而過，伸一

隻手在半空中比畫什麼，然後衝他背後罵了一聲「逆賊」，就去了蓬蒿那邊，他本想從蓬蒿裡抓出邵泊揍一頓，竟遭到劫持……

不論是不是邵泊以在厭次結下的怨結害他，石勒都以為得有證據，問道：「就這些？」

段匹磾道：「就這些。」

石勒道：「審案獄，不能只聽一方的，孤這就命廷尉派人查去，你且下去療傷。」

聽了這些話，段匹磾又氣憤又無奈，深嘆一口氣，扭頭就走。

※

布衣探聽說追查劫持段匹磾一事，就找到與他比較慣熟的支屈六，說不是邵泊做的。支屈六問，不是他，那是哪一個？布衣探低低遞出一句「旬日之後自會明白」就走了。

支屈六想把布衣探說的話馬上稟告給石勒，守門侍衛卻沒有讓他進見，他便連夜寫成奏表呈了上去。這道奏表，既沒說作案者不是邵泊，也沒有提布衣探握有線索，只寫道：「劫匹磾者，旬日自明。」

八個字的奏表石勒看不明白，叫來張賓看，石會秉燭陪在旁邊，又看了一陣子，還是沒有看出個所以然來。石勒一手拿著那奏表，一手用力拍打，發火道：「你看看，你看看，這寫的是什麼？沒頭沒尾，不清不楚，這還像個下屬呈報的奏表嗎？」

石勒把奏表撂到內使手上，大聲吩咐退給他，重寫！

張賓道：「大王莫急，支屈六既這樣上奏，必知此中內情，過幾天再看吧。」

當時，石勒默認了張賓的過幾天，事後一再向支屈六追索結果。支屈六無法覆命，讓石勒直接召見布衣探，布衣探說是自己救活的那個鮮卑侍衛對段匹磾的報復。沒想到石勒當下拍案大怒，說他竟敢在王宮院裡鬧出這等事來，傳下口諭，命武士立即提拿斬了那個鮮卑侍衛。

布衣探跪下求情，說此間斬了那個鮮卑侍衛，線索就斷了。石勒不解，問斬一個觸犯王法之人，會斷什麼線索？看到布衣探眼朝兩邊瞟，石勒略一思索，摒去閒雜人等，布衣探方把段匹磾準備伺機潛逃，那個鮮卑侍衛正與隨同段匹磾投降來的一個親兵祕密聯繫，掌握他們逃跑的時間、人數、路線的事說出來，如果斬了他，靠誰來傳遞消息，掌握段匹磾的具體行動。

張賓從未覺察段匹磾有何異行，現在聽了這話，心頭顫了一下，道：「大王，要真如他所陳，這人是不能斬。」

這時石勒也很吃驚，道：「要真是這樣，可就讓孤認識了段匹磾的狡黠了。他來了這些時日，孤把他看成忠義之士。以今看來，他請求允准差人去接來他的妻孥是個煙幕彈，在靠近邵續草廬那邊給他一處屋室讓妻孥來了居住也是煙幕彈。哼，孤倒要看看他還有何等狡獪手段耍出來。」他轉向布衣探，說：

「你可以走了，將段匹磾行動隨時報來。」

布衣探俯首，道：「是。」

※

這日昏時，一個鮮卑降卒來叫段匹磾，道：「那邊的人都到了，請將軍過去。」

段匹磾見石勒對邵泊遲遲沒有處置，就聯絡了一幫投降了石勒的自己的原親兵，趁夜暗殺邵泊以解心頭之恨。他被甲執劍，出了門前走不遠，就見迎面撲來一個高大的黑影。他猛掉頭奔回屋裡，拉一條被子蒙住頭不敢露面。跟進屋來的那個親兵，看見他急慌慌地往衾被底下鑽，叫道：「將軍，您怎麼了？」

段匹磾捂在被子下的身形抖動地縮著，道：「你快去叫人來驅鬼。」

那親兵暗笑了一下，道：「將軍，您看錯了，那不是鬼，是前時踢到土溝裡死了的那個侍衛。」

段匹磾道：「他死了，不是鬼是什麼？」

那親兵道：「他被人搭救，活過來了。」

段匹磾道：「我不信。那時文鴦兄弟下到溝裡看過，他口鼻出血，死在那裡。要不，你把文鴦叫來，我問問他。」

段文鴦來到屋裡，掀掉被子，細問詳情，說那侍衛當時就沒氣了。段匹磾聽了這話，又害怕得把頭蒙上，道：「今夜之事算了，我可禁不起再有鬼來嚇我。」

段文鴦道：「被人搶救活過來的事情常有。活過來了就是人，不是鬼，兄長您無須害怕。」

段匹磾道：「我還是有些怕，今夜你得在這陪我。」

段文鴦笑了笑，道：「可以，小弟陪您。」

※

張賓一大早出來散步，遠遠看見石勒面朝花園入口站著，他走過去俯身施禮，道：「大王，在望什麼？」

見石勒不說話，張賓也向那邊望去，只見花園裡有一個快速走動的人，沿著木築臺榭往北走，說道：「段匹磾？」

此時石勒轉身，冷冷問道：「他要去邵續那裡，想拉邵續一起去建康？」

張賓上前一步，回道：「臣與邵續聊過幾回，我觀他一直為失了樂陵、厭次之恨所困，萎靡不振，即便段匹磾有心拉他，只怕他也無意南去，然其不願為趙做事則與段匹磾相同。」

石勒道：「孤也是這般看法。」

張賓道：「大王今日不是還有朝會嗎，回去吧。」

石勒遲疑了一下，轉身回返。

早朝議事結束，石會屄從石勒出了殿門，正見支屈六領了布衣探從大殿簷廊下走來行禮說，段匹磾今夜要逃跑，先走六人，各自於子夜時分徒步出南門之後一同乘馬，馬匹預備在吊橋外面的密林裡。

第三十五回　邵泊翻臉劫主將 匹磾懷晉執符節

石勒語氣重重地說道：「他終於按捺不住了。」又急抬手吩咐石會：「去，傳右侯。」

隨與張賓做了周密部署，差支屈六持石勒手諭到孔萇大營，天黑以後撥出一哨兵馬埋伏在城外，等到半夜將段匹磾、段文鴦及其侍衛六人悉數拿獲，帶到石勒面前……

一切成空 —— 拉邵續沒拉成，殺邵泊沒殺成，自己逃又沒逃成，歷史的宿命已經把段匹磾帶到了鬼門關。生死攸關，他態度仍很強硬，傲然挺立，怒視石勒，道：「石勒，不是你高明，是我計不密，然我匹磾會讓你見識一下大晉良臣之氣節的。」

段匹磾之行，令石勒不能不怒了，他呵斥道：「孤惜你智勇才華，不想動刑傷害，好好養在宮廷，還命內使傳諭各處對你優遇勿苛，連那天擅闖武庫禁地都沒有治你的罪，眾臣僚議論孤不殺晉臣養晉臣。你卻不知自愛，放著生路你不走，偏往鬼門上撞，按國之常刑當誅，孤只有動用武士打發你去你想去的地方了。」大怒之下，他朝外猛一揮手，候在旁邊的武士，立刻將段匹磾等六人押至刑場斬首。

（待續）

264

電子書購買

國家圖書館出版品預行編目資料

後趙明主：石勒：眾望所歸，稱王於襄 / 毋福珠
著 . -- 第一版 . -- 臺北市：崧燁文化事業有限公
司 , 2022.06
　　面；　公分
POD 版
ISBN 978-626-332-393-3(平裝)
857.45　　111007478

後趙明主 ── 石勒：眾望所歸，稱王於襄

臉書

作　　者：毋福珠
發 行 人：黃振庭
出 版 者：崧燁文化事業有限公司
發 行 者：崧燁文化事業有限公司
E-mail：sonbookservice@gmail.com
粉 絲 頁：https://www.facebook.com/sonbookss/
網　　址：https://sonbook.net/
地　　址：台北市中正區重慶南路一段六十一號八樓 815 室
Rm. 815, 8F., No.61, Sec. 1, Chongqing S. Rd., Zhongzheng Dist., Taipei City 100,
Taiwan
電　　話：(02) 2370-3310　　傳　　真：(02) 2388-1990
印　　刷：京峯彩色印刷有限公司（京峰數位）
律師顧問：廣華律師事務所 張珮琦律師

── 版權聲明 ─────────────────────────────

定　　價：350 元
發行日期：2022 年 06 月第一版
◎本書以 POD 印製